宮之みやこ
illust.
安野メイジ
Shokei sareta ouhi
wa mouichido aeta otto wo
ichizu ni aisuru
処刑された王妃は
もう一度会えた夫を
一途に
愛する

登場人物紹介
Characters
クライヴ・オブ・ノルデン
ノルデン王国の新王。
面倒見がよく王太子の頃から
絶大な人気を集めてきたが、
王妃であるシアーラとは
事あるごとに衝突。
ただし心の奥底では
シアーラのことを……？
シアーラ・ド・マクネア
マクネア侯爵家の一人娘。
クライヴの妃になるべく
厳格な修行に耐えてきたため、
感情を出すのが苦手で完璧主義。
冤罪により処刑されたが……。

ヒカリ
神殿の泉に
突如やってきた女の子。
その愛らしさと朗らかさ、
異世界知識を使って問題を解決し
瞬く間に王宮中の心を掴むが、
その本性は!?
サリュー
癒しの力を持つ聖なる鳥。
シアーラを主と認め、懐く。

（伝え、なければ！）

死ぬまで伝えられなかったあの言葉を。今度こそ後悔しないように。

「私、あなたのことが好きです！」

ただでさえ見開かれた彼の目が、ますます見開かれる。

「と……つぜん何を言い出すんだ君は……!?」

「だから私今度こそ、あなたを守ります！」

処刑された王妃はもう一度会えた夫を一途に愛する

宮之みやこ
illust. 安野メイジ

Shokei sareta ouhi
wa mouichido aeta otto wo
ichizu ni aisuru

Contents

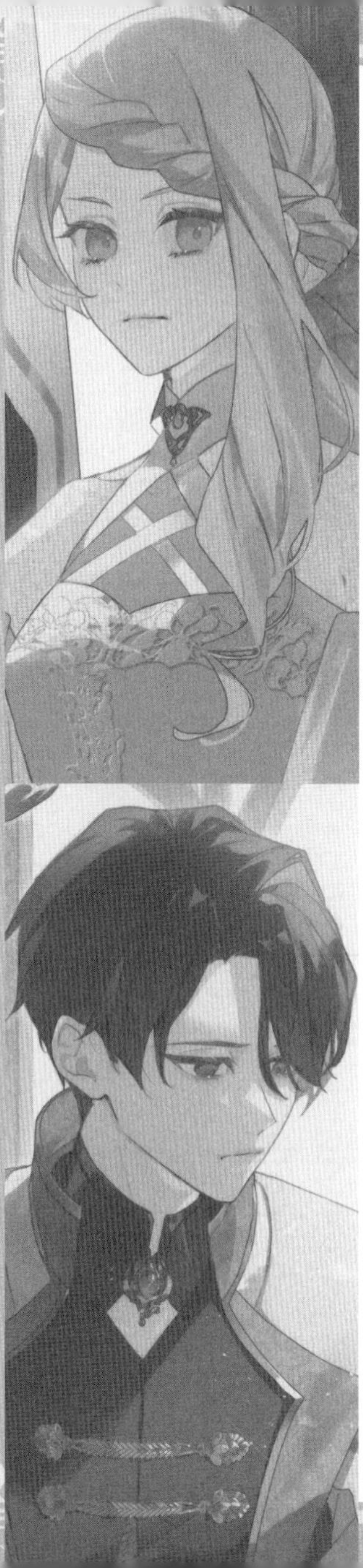

Shokei sareta ouhi wa mouichido aeta otto wo ichizu ni aisuru

序章　もう二度と

Prologue

たとえ彼に愛されなくても、いつか夫婦として支え合える日がくるかもしれない。

そんなシアーラの淡い期待は、ギロチンの刃によって粉々に砕け散ろうとしていた。

処刑台の前ではシアーラを陥れた異世界の女が嗤《わら》っている。今までの清楚さはどこへやら。その顔は魔物ですら目を背けたくなるほど醜悪だった。

（ああ、これがあなたの本性なのね……）

けれど今さら気づいても遅い。既にシアーラと両親は処刑台に、王である夫は死の淵にいる。もう誰もこの女の本性を暴ける者はいないのだ。

（こんなことになるのなら、素直に伝えていればよかった……）

シャーッと走る刃の音。地面の上に広がるシアーラの白銀の髪。

（ずっとあなたが好きだった、と）

美しい青の瞳から光が消え、そこでシアーラの意識はぶつりと途絶えた。

そしてそのままもう二度と目覚めることはない――。

――はずだったのに。


次の瞬間、パチリと目を開けたシアーラは飛び起きていた。

「っはあ!!　はぁ、はぁ……!」

ドクドクと力強く鼓動する心臓の音。寝巻きは汗でぐっしょりと濡れ、額に髪が貼り付いている。

(何が起きたの⁉　私、処刑されたはずじゃ……⁉)

胸を押さえて辺りを見回せば、そこは間違いなく見慣れた自室――王妃である自分の部屋だ。

春のやわらかな陽光が差す部屋は広く、並び立つ家具はどれも高級品ばかり。

そこに処刑という血なまぐさい匂いは、微塵もない。

混乱しながらも、シアーラは恐る恐るベッドから降りた。

昼寝をしていたからだろうか。部屋の中に侍女たちの姿はなく、静まり返っている。

かちゃりと鍵を開けて外に顔を出せば、扉のすぐそばに控えていた護衛騎士たちが無言で頭を下げてきた。その瞳には、処刑直前に向けてきたような憎しみの色はない。

(どういうこと……?　今までのは全部、夢だったの……?)

それにしてはやけに鮮明な夢だ。

鋭く光るギロチンの刃、そして夫が吐いた血の鮮やかさを思い出してシアーラは身震いする。

それからハッと気づいた。

（夫は⁉　クライヴ陛下は無事なの⁉）

シアーラはまだ寝乱れた姿のまま、だっとその場を駆け出した。

クライヴ。

それはこの国の王であり、シアーラの夫であり、そしてシアーラの最愛の人だ。

最後に見た彼は毒を盛《も》られて、死人のように青白い顔でぐったりとベッドに横たわっていた。

広い廊下を裸足《はだし》で走るシアーラの姿を、通りすがりの使用人たちがぎょっとした顔で見てくる。

それでもシアーラはなりふり構わずに走った。

（彼が、無事でさえあれば――！）

やがて目当ての後ろ姿を見つけ、シアーラは大きな声で叫んだ。

「陛下！」

振り向いたのは、つややかな黒髪を持つ男。

甘いながらもひ弱さをまったく感じさせない美しい顔立ちに、スッと伸びた背筋。そして強い生命力を感じさせる、燃え盛《さか》る火のような赤い瞳。

いつもは凛としているその瞳が、今は珍しく驚きに見開かれていた。

「……シアーラ？　一体どうしたんだ、君がそんな恰好で出歩くなんて――」

彼が驚くのも無理はない。

皆が知るシアーラは厳格で、いつどんな時でも感情より規律を最優先にしてきた人物なのだ。当然、寝間着で外をうろつくなんてことはありえない。それはシアーラ自身もよく知っていた。

けれど今のシアーラには、そんなことどうでもよかった。

「陛下……無事でよかった！」

叫ぶなり、シアーラはそのまま彼に抱き付いたのだ。

「なっ⁉」

ぎょっとしたのは彼だけではない。そばにいた側近も、信じられない光景にぽかんと口を開けたまま硬直している。

（伝え、なければ！）

死ぬまで伝えられなかったあの言葉を。今度こそ後悔しないように。

「私、あなたのことが好きです！」

ただでさえ見開かれた彼の目が、ますます見開かれる。

「と……つぜん何を言い出すんだ君は……⁉」

「だから私今度こそ、あなたを守ります！」

「待て、どういうことだ⁉」

困惑するクライヴをきつく抱きしめたまま、シアーラはぎゅっと目をつぶった。

（もう二度と、後悔したくない！）

第一章　シアーラが処刑されるまで　Chapter 1

　バシン！　と鞭で叩かれた手をかばいながら、当時七歳のシアーラは訴えかけるような目で家庭教師《ガヴァネス》を見上げた。シアーラの海を閉じ込めたような青い瞳が光り、長い白銀の髪がさらりと揺れる。

「どうしてですか、せんせい。どうしてクライヴさまとあそんではいけないのですか」

「シアーラ」

　言い聞かせるように、厳しい表情を浮かべた家庭教師が口を開く。

「いいですか、あなたは将来の王妃を目指す女性。遊びに興じている暇などありません」

「でも」

「口答えは禁止です！」

　家庭教師がそう怒鳴ったのと、鞭がふたたび飛んできたのは同時だった。弾けるような痛みに、シアーラは声をもらすまいとぐっと唇を噛み締める。

「その痛みもよく覚えなさい。あなたが王妃になった時に失敗すれば、この程度の痛みではすまないのですよ。それに光の聖女になると決めたのはご自身でしょう？」

「は、い」

「ならば甘い考えは捨てなさい！　確かにあなたには才能がありますが、聖女競争は才能だけでやっていけるほど甘くありませんよ！　わたくしの推薦がなかったら、あなたは聖女候補にすらなれないのです。わかったらもう二度と遊びに誘われることのないようにお断りしてきなさい！」

「……はい」

有無を言わさない強い声音で告げられて、シアーラはうなだれながら部屋から出た。


とぼとぼと向かった中庭でシアーラを待っているのは、この国の王太子であるクライヴ・オブ・ノルデン殿下だ。

太陽の下で輝くのは、短い黒髪にいきいきとした赤い瞳。その横顔は既に子供とは思えないほど凛々しく整っていて、見つけた瞬間シアーラの胸はドキドキした。

シアーラの父であるマクネア侯爵が国王の側近として働いているため、そのよしみでふたりは幼なじみとして育てられてきたのだ。クライヴはシアーラの二歳年上だった。

「……クライヴさま」

「シア！」

シアーラが名前を呼ぶと、クライヴがパッと人懐っこい笑みを浮かべた。その笑顔に、シアーラは今から伝えなきゃいけないことへの申し訳なさで胸がきゅっと切なくなる。

「クライヴさま、ごめんなさい。きょうは……ううん、これからはわたし、もうあそべません」

「えっ！　どうして⁉」

クライヴが驚きに大きく目を見開く。シアーラはますます縮こまった。

「だってわたしがクライヴさまとあそぶと……〝ひかりのせいじょ〟には……。だから、ごめんなさい！」

言って、シアーラは駆け出した。後ろから「シア！」というクライヴの声が聞こえるが、それにも振り向かなかった。そうでもしないと、泣き出してしまいそうだったからだ。


──光の聖女。

それはノルデン王国に代々伝わる称号。

この国に生まれた女性は光の女神から加護が授けられ、身分関係なく光の魔法を使えるようになる。その中で力の強い者は聖女に就任し、魔物の討伐をする大事な役割を持っていた。

そして聖女の中で誰よりも加護が強く、外見内面ともに美しい、賢く優れた女性が光の聖女を名乗ることを許されるのだ。

同時に、光の聖女は王の伴侶──つまり王妃の座を約束されていた。

そのため光の聖女候補は、神殿ではなく貴族社会のルールを覚えるよう家庭教師をつけて自宅で厳しい修行に明け暮れるのが常だった。

当然、伝統あるマクネア侯爵家のひとり娘として生まれたシアーラもそのひとり。

シアーラは生まれつき膨大な魔力を備えていた上に、子供の時から抜きんでた美しい外見も持っていた。

三つ編みを束ねて結い上げた白銀の髪は楚々と輝き、神秘的な青い瞳はこぼれそうなほど大きい。

人形のように整った顔立ちに、誰もが彼女の将来に期待せずにはいられなかった。

そして、シアーラ自身にも強い願いがあった。

(わたし……クライヴさまのおよめさんになりたい……)

頬を赤らめ、ぎゅっと手を握る。

――いつからか、なんてもう覚えていない。

覚えているのは、シアーラが記憶もあやふやな小さな頃からずぅっとクライヴを好きだということだけ。

『シア、おいで！　僕と一緒に遊ぼう！』

引っ込み思案でなかなか他の子供たちと馴染めなかったシアーラに差し出された、クライヴのあたたかな手。きらきらの笑顔に、明るい笑い声。

いつもシアーラの手を引いてくれたクライヴは、優しく頼もしく、まぶしかった。

『シアはほんとうにかわいいね。ゆきのようせいみたいだ』

『そんな……わたしなんて……クライヴさまこそ、りっぱで……とても、かっこいいです』

『ほんとう？　シアにそういわれるとすごくうれしいな』

褒め言葉なんて言われ慣れているはずなのに、照れたように笑う彼の笑顔を見るたびにシアーラは胸がきゅんとした。

事実、クライヴは王子としてものすごく優秀だった。

幼い頃からずば抜けた賢さであらゆる家庭教師をうならせ、身体能力の高さは王国騎士団長ですら認めるほど。さらに子供とは思えない落ち着きと寛容さを取り揃え、既に大人からも子供からも絶大な支持を集めている。

——クライヴさまにふさわしい花嫁になりたい。

（そのためには、せんせいのいうことをきくしかないのよ……）

これから訪れる苦しくつらい日々を知ってか知らずか、シアーラはぎゅっと唇を噛んだ。

◆

「口答えをしない！」

ドン！　という机を叩く音にシアーラはビクッと体をすくめた。家庭教師であるアッカー夫人が強く机を叩いたのだ。

年月を重ねるにつれ、彼女のシアーラへの当たりはどんどん強くなった。

侯爵夫妻への発覚を恐れたのだろう。鞭で叩く回数が減らされた代わりに、何か気に入らないことがあると彼女は威嚇するように机を叩いた。

ドン！

なおも叩きながらアッカー夫人が叫ぶ。

「あなたは何も考えずに、私の言うことを聞いていればいいのです！」

ドン！

その音にシアーラの体がこわばる。

「光の聖女候補となるためには、わたくしの推薦と指導が必要不可欠！　わたくしを失えば、あなたは一瞬で光の聖女となる道を永遠に失うのですよ！」

「はい」

ドン！

怒鳴り声でビリビリと震える空気。

「わたくしは王妃にこそなれませんでしたが、家柄や力の強さでわたくしに勝る推薦者が他におりますか⁉」

「いいえ、先生が一番です」

ドン！

叩かれる机の上で、ティーカップがカタカタと揺れている。

「そうでしょう⁉　わかったなら、言うことを聞きなさい！」

シアーラは強く手を握ったまま、うなずくしかなかった。

「はい。先生の言う通りです」

ドン！

シアーラには神の裁きにも思える重い一撃が、机に叩きつけられる。

「王妃は民の模範にならなければいけません。そのためにも何よりも守るべきは規律です！　規律の乱れは国全体の乱れへと繋がるのですから！」

「はい」

散々怒鳴って、アッカー夫人はようやく気が済んだらしい。ふん、と小鼻を鳴らしてから、蛇のような鋭い目でシアーラを見た。

「……それから、侯爵夫妻にはくれぐれも余計なことは言わないように。わたくしからの推薦を失いたくなければね」

「……はい」

握りしめたシアーラの手は、気づけば氷のように冷たくなっていた。

来る日も来る日も厳しい指導に耐え、シアーラが目指すのはただひとつ、〝光の聖女〟。

そんなシアーラを、マクネア侯爵夫妻も心配しているようだった。

「なぁシアーラ、大丈夫なのか？　光の聖女は栄えある地位だが、我が家は既に侯爵家なのだ。無理して王妃を目指す必要はないんだぞ」

「そうよシアーラ。最近のあなたは全然笑わなくなってしまって、わたくし心配だわ……。お父様の言う通り、そこまで無理をすることはないのよ？」

「大丈夫です！」

両親の言葉をはねつけるように、シアーラはぴしゃりと答えた。

「これは私が望んだことですので、お父さまとお母さまはお構いなく」

その後何度心配されても、シアーラはひたすら「大丈夫です」「構わないで」と答え続けた。

アッカー夫人から「ご両親を遠ざけなさい。でないと推薦を取り消します」と言われていたからだ。やがて何かを察した両親は、シアーラに何も言わなくなった。

時折遠くから、心配そうにこちらを見つめてくるだけ。

シアーラはその視線も気づかないふりをした。

すべては光の聖女となるために。

……けれど想いとは裏腹に、シアーラが頑張れば頑張るほど、歯車は少しずつ狂っていったのだった。

◆

「――駄目です。それを食べては」

それはクライヴ十五歳の生誕パーティーでのこと。王宮の広々とした庭先で、シアーラはとある令嬢に声をかけていた。

ふわふわの長いピンクブロンドをした令嬢は、今まさにマカロンを口に入れようとしていたところ。けれど注意されて、緑の目が驚愕に大きく見開かれる。

シアーラは続けて言った。

「あなたも知っているでしょう。私たち聖女は、決められたものしか食べてはいけないと」

それは事実だ。

光の聖女を目指す聖女たちは、大神殿によって日々の食事を厳しく管理されている。魔力含有量の高い、そして純度の高い食べ物しか口にしないように決められているのだ。

だからシアーラもクライヴの生誕パーティーに来てはいるものの、お茶以外何も口にしていない。

注意された令嬢が嫌そうに顔をしかめる。

「べ……別に今日くらい、いいじゃない。それにみんな隠れて食べているのを知らないんですの？」

「それは食べていい理由になっていないわ。規律は守らなければ」

シアーラが淡々と返すと、令嬢の顔がカッと赤くなった。

「あなたっていつもそうよね！　口を開けば規律規律規律規律！」

「ですが規律は大事です。それにお菓子はあなたにも悪い影響が――」

シアーラが言いかけた直後だった。

ドン！

顔を真っ赤にした令嬢が、両手で机を叩きつけたのだ。

その音にシアーラの喉がヒュッと鳴る。

人々が何事かとこちらを見た。

「もううんざりよ!!　普段我慢しているんだから、今日ぐらい見逃してくれたっていいのに!!」

彼女はそう叫んだかと思うと、ワッと大きな声を上げて泣き出した。その声は辺りに響き渡るほど大きい。

どよどよと周囲がざわめく中、シアーラは凍ったように硬直していた。

泣かれることにも驚いていたが、何よりあの机を叩く音。

それは長年耳に染みついた、激しい叱責の音だ。

脳裏によみがえる、アッカー夫人の怒鳴り声。ドン！　ドン！　と叩かれた机の上で、カタカタ揺れるティーカップ。

まるで助けを求めるように、シアーラの心臓がドクドクと暴れ回っていた。頭の中は真っ白で、息が止まらないよう、ぜっぜっと呼吸するだけで精一杯だった。

「――何事だ？」

そこへ厳しい顔でやってきたのは、今日の主役であるクライヴだ。

彼の姿に、シアーラの瞳が一瞬潤む。

（クライヴさま……）

彼に会うのは久しぶりだった。

あの日以来シアーラは、アッカー夫人の言う通り彼の面会をすべて断っていたし、贈り物も手紙も涙を呑んで突き返していた。たまに彼と遭遇することがあっても、顔を見たら想いがあふれてきてしまいそうで、すぐに立ち去るようにしている。

だが今目の前に立つ彼は、少し見ない間にさらに見目麗しい男性となっていた。

子供の頃から変わらぬ強い眼差しに、成長したことでより凛々しくなった端正な顔立ち。均整の取れた体軀《たいく》はシュッとしていながらも、日々鍛えていることがわかるなめらかな筋肉がうっすら見て取れた。

しかしシアーラに見惚れている余裕はない。なおも硬直していると、やってきたクライヴが令嬢とシアーラを見て眉をひそめる。

その顔にはこう書いてあった。

シアーラ、また君か……と。

――実はシアーラが規律を重んじるあまり、以前からたびたび他の光の聖女候補と対立を起こしていたのだ。

そのたびにクライヴが仲裁に入るのだが、規律を重んじるシアーラと、先進的な考えを持つクライヴでは考え方が真逆。それゆえ、ふたりの意見はよく衝突していた。


『シアーラ、君は厳しすぎる。規律は大事だが、もう少し事情を汲んでもよいのではないか？』

『将来聖女たちは魔物のいる現場に、命を賭《と》して戦いに行くのです。今から規律を守れないようでは、現場でどんな混乱を引き起こすか』

『だが、私物持ち込み禁止とはいえ彼女が持っているのは亡き母親の姿絵だ。その姿絵があるからこそ、彼女は厳しい修行にも耐えられるのではないか？』

『その姿絵がなければ耐えられないというのなら、それこそ問題では』

シアーラの言葉に、クライヴが悲しそうな顔をした。

『シアーラ……君は変わってしまったな。昔の君はもっと思いやりがある優しい女性だったのに』

『それは幼い頃の話です。私は成長し、大人になりました』

『そうだな……。きっと変わってしまったんだ、ふたりとも』

そう言ったクライヴの顔は、とても寂しそうだった。

思い出していると、先ほどの令嬢が泣きながらクライヴにしがみついた。

「殿下ぁ！　わたし、ただ一緒に殿下をお祝いしようと思っただけなんです！」

令嬢からことのあらましを聞いたクライヴが、今度はシアーラに向かって尋ねる。

「シアーラ。今彼女が言ったことは本当か？」

「……」

返事をしたかったが、シアーラはまだ先ほどの衝撃でうまく言葉が出なかった。カタカタと震える手を、もう片方の手で押さえるので精一杯だった。

「……シアーラ？」

怪訝な顔をしながら、クライヴがシアーラの顔を覗き込んでくる。

そのまま彼の手がシアーラに向かって伸ばされたかと思った次の瞬間、シアーラはそれをサッとよけた。――手が震えている情けない自分に、気づかれたくなかったのだ。

その一瞬、ほんの一瞬だが、クライヴが傷ついた顔をした。

だがすぐに何事もなかったかのように、いつもの〝王太子〟の顔に戻る。

「……そんなに私のことが嫌いか」

（違う！）

けれどそれは言葉にならなかった。耳にこびりついた机を叩く音に、シアーラの唇は凍りついたまま、ただ地面を見ていることしかできない。

黙り込んでしまったシアーラを見て、クライヴが大きなため息をつく。

……近頃、シアーラの前で彼はため息をついてばかりだった。

「シアーラ。今日のパーティーは私の生誕祝いであると同時に慰安会も兼ねているんだ。だから皆に、今日くらいは肩の力を抜いてほしいと思っている」

それから周囲の人たちに向かって、クライヴがよく通る声で呼びかける。

「みんな。神殿には私から話をつけておくから好きに飲み食いするといい」

その言葉に、会場にいた他の聖女たちからきゃあと歓声が上がった。彼女たちもずっと我慢を強いられてきたため、それは願ってもいない提案だった。

そんな中ひとりだけまだ黙り込んでいるシアーラに、クライヴが諦めたように言う。

「シアーラ。規律は確かに大事だ。だが何度も言っているように、人は規律だけでは生きていけない。時々は緩めてやらなければ」

「……」

返事のないシアーラに、クライヴがぎゅっと眉根を寄せる。その顔はどこか悲しそうだった。

「……シアーラ、君が私を嫌っていることは重々知っている。だが、もう少しだけ互いに歩み寄れないのだろうか?」

「……」

それでも返事ができないシアーラに、クライヴは苦い顔をした。それから首を振ると、シアーラに背中を向けて立ち去っていく。

シアーラは一瞬、その背中に手を伸ばしかけた。

けれどやはり何も言えず、最後は言いたかった言葉ごと握りつぶすようにぎゅっと手を握った。

(最近はずっとこうだわ。殿下とお会いしてもうまく話せなくて、機嫌を損ねるばかり)

幼い頃の輝く日々は、夢だったのではないか。

シアーラがそう考えるぐらい、ふたりの関係は変わってしまった。

(殿下の言う通り、私が厳しすぎるの？　けれど……)

そこまで考えて、シアーラの体がぶるると震える。

シアーラにとって規律は絶対だ。

守らなければ今でもアッカー夫人から容赦なく鞭が飛んでくるし、鞭がこなくても、あのドンという音を聞いただけで硬直する。

体に叩き込まれた恐怖がシアーラを縛る鎖となっていることに、けれどシアーラ自身は気づいていなかった。

(誕生日祝いの言葉すら、言えなかった……)

ぎゅっと唇を噛み締めて、シアーラはひとり静かにうなだれたのだった。

その後もクライヴとシアーラは、ことあるごとにぶつかった。それは川の水が小石を削るように、少しずつ少しずつ、けれど確実にふたりの関係を蝕《むしば》んでいった。

◆

――やがてシアーラ十七の春。

ついに努力が実を結ぶ日がきた。

厳かな大神殿の中、ひざまずくシアーラの頭に月桂樹の冠が載せられる。

「シアーラ・ド・マクネア。そなたを〝光の聖女〟に任命する」

「ありがたき幸せ」

この春、国王が王位を退きクライヴが若き新王に就任すると同時に、シアーラもまた光の聖女に選ばれた。数多《あまた》いる候補者の中からシアーラが選ばれた理由はやはりその圧倒的な魔力だと聞いている。

そして聖女就任と同時にシアーラはクライヴと婚約し、すぐさま王宮に召された。

夢にまで見た、光の聖女としての登城。階段を上るシアーラの足が震える中、たどり着いた謁見の間では、彼が待っていた。

花嫁になりたいと願ってやまなかった、ただひとりの男性。

（クライヴさま……！）

思わず目が潤みそうになって、シアーラは急いで自分を律する。

（いけない。私は王妃となる身。はしたないことはできないわ）

シアーラは背筋を正すと、スッと片足を引いて腰を落とした。

それは寸分の乱れもない、優雅で美しいお辞儀。

シアーラの姿に先王や王太后、それに周囲にいる衛兵たちまでもがほうっと見惚れる。

――クライヴ同様、シアーラもこの数年の間に美しい女性へと成長していた。

やわらかな白銀の髪は絹糸のような輝きを放ち、神秘的な青い瞳は見つめていると吸い込まれそうなほど深い色をしている。卵型の小さな顔にはすべてのパーツが完璧に配置され、体は細身ながらも、要所要所で女性らしいやわらかな曲線を描いている。

けれど皆がシアーラに見惚れる中でただひとり、夫となるクライヴだけは苦い顔をしていた。

「君は嫌だろうが、光の聖女は王の伴侶――つまり私の妻になることが定められている」

「嫌だなんてそんなことは」

それどころか、シアーラはそのためだけに頑張り続けてきたのだ。

けれどシアーラは言葉に出さなかった。この場で無駄な私語を言ってはいけないと思ったからだ。

黙り込んだシアーラを見て、クライヴがぎゅっと口を引き結ぶ。

「……仮にも夫婦となる身だ。これからは良い関係を築けることを願っている」

そう言った彼の声は、お世辞にも喜んでいるとは言えなかった。


それからしばらくの婚約期間を経て、クライヴとシアーラは結婚した。挙式は国を挙げて盛大に行われ、若く美しい王と王妃に国民は歓喜した。

シアーラも、王国の人々に祝福されたことでようやく待ち望んでいた日がきたのだと思った。

けれど。


「ねぇ聞きまして？　結婚からもう一ヵ月も経つというのに、まだシーツは白いままだそうよ」

「そりゃそうでしょうね。あの冷酷で堅物の女が王妃だなんて、考えただけでめまいがしますもの」

「王妃が魔物討伐で忙しいせいだと思っていたけれど、そうではないの？　光の聖女も魔物討伐の遠征に行くのでしょう？」

「そりゃ遠征に行くこともあるけれど、だからって一度もベッドをともにしていないなんておかしいですわ。いくらでもチャンスはあるんだから」

「陛下と王妃は仲が冷え切っておりますものね」

ひそひそ、ひそひそ。

ふたりの不仲がささやかれるたびに、シアーラはそれを苦い気持ちで聞いていた。

(光の聖女になればすべてが丸く収まると思っていたけれど……そうではないのね)

シアーラにとって光の聖女となり、クライヴの妻となることは目標達成を意味していたが、現実はむしろここからが始まりだということに、ようやく気づいたのだ。

(私はどうすればいいの？　陛下にはもう、あんなに嫌われてしまったのに)

シアーラはすべてを遠ざけてきた。相談できる友はいない。両親には今さらどんな顔をして話しかければいいのかわからない。アッカー夫人に相談しても怒鳴られるのが目に見えている。

シアーラはもはや、誰にも本音を打ち明けることができなくなっていた。

◆

(……陛下は今日も寝室にいらっしゃらなかった)

大きなベッドに座るのは、今日もシアーラひとりだけ。

シアーラたち国王夫婦が使うはずのこのベッドに、クライヴがやってきたことはない。

噂通り、シアーラたちはずっと白い結婚のままだったのだ。そしてそれは、ベッド以外の部分でも一緒だった。

日々ふたりが交わすのは必要最低限の言葉のみ。一緒に過ごすのは公務のみ。

一度シアーラは、しびれを切らしてクライヴの執務室に乗り込んだことがある。

「陛下。どうして私の寝室にいらしていただけないのですか」

執務室にはクライヴの他に、側近や大臣たちもいた。シアーラの言葉に、彼らがサッと目を逸らす。

「……シアーラ。そういうことは今この場で言うことでは」

「いいえ、今この場で言うことです。世継ぎは王の重要な義務ではないのですか」

シアーラの正論に、クライヴが深いため息をつく。まわりにいる従者たちが気の毒そうな目でクライヴを見ていた。

「……そうだな。重要な〝義務〟だな。そのことを忘れてはいない。だが今日は忙しいんだ。日を改めてくれないか」

「……承知いたしました」

シアーラはしぶしぶ引き下がったものの、当然のように、それからもクライヴの訪れはなかった。

そうして一年が経ち、二年が経ち。

ふたりの間に流れるのはひんやりとした空気だけになった頃――突如強い光とともに、大神殿の泉に神秘的な少女が現れたのだ。

「どういうことだ。泉から人が現れただなんて」

長い廊下を足早に歩くのはクライヴだ。そばには彼の側近たちが付き添っており、焦った顔でまくし立てている。

「神官たちが言うには、泉が光ったと思った瞬間に女性が立っていたそうなのです！　言葉は通じますが、奇抜《きばつ》な服装に膨大な魔力。――恐らく異世界人かと思われます！」

「異世界人……!?」

その話を、必死にクライヴたちの後ろを追いかけていたシアーラも聞いていた。

(異世界人……本で読んだことがあるわ)

文献によると、ノルデン王国だけではなく、過去にもこの世界には何人かの異世界人がやってきたことがあるらしい。

彼らがこの世界にやってくる理由や原理は解明されていないが、異世界人は皆優れた知識と魔力を持っており、度々歴史に残るような偉業をやってのけた。

そのため異世界人を迎えた人々は彼らのことを『女神からの恵み』と呼んでいたのだという。

(では今回の異世界人も……？)

クライヴたちがたどり着いた泉に待っていたのは、清楚な雰囲気がただよう美少女だった。

年の頃は十七、八ぐらいだろうか。

ノルデン王国の女性としてはありえないほど短く切り揃えられた亜麻色の髪は、けれど女性らしい華やかさと可愛らしさをもってふわりと揺れている。大きな瞳は星が入っているのかと思うほどきらきらと輝き、唇はみずみずしい果実のようにぷるりとしていた。

「あの……？　あなたたちは……？」

そう言った声も鈴が鳴るように心地よい。

何より、心配そうに眉を下げた表情は、女のシアーラですら守ってあげたくなるほど可憐だった。

その場にいた神官たちや騎士たちがごくりと息を呑む。

シアーラがちら、と見上げると、夫であるクライヴも少女に目が釘付けになっていた。じっと彼女を見つめたままクライヴが尋ねる。

「……君の名前は」

「わたし、光といいます」

〝ヒカリ〟

口から発せられたその言葉の通り、ヒカリはきらきらと輝いていた。

◆

「ねぇ、聞いた？　ヒカリさまの話。災厄で苦しんでいた怪我人を一瞬で治してしまったそうよ」

「光の、それも癒し魔法の使い手なんですってね！　何十年ぶりかしら、光の癒し手が現れるのは」

「病気を治してもらった大臣様も、ヒカリさまに夢中らしいわ」

「それだけじゃないわよ。見てあのお人柄。にこにこして明るくって、見ているだけで癒されるわ」

「どこぞの王妃サマとは大違いねぇ」

「しぃーっ！　声が大きいわよ。聞こえたらどうするの！」

侍女らはささやいているつもりなのだろう。けれどとっくにひそひそ話の域を超えた話し声は、しっかり廊下の角にいたシアーラの耳に届いていた。

ふぅ……とため息をついて、シアーラは進行方向を変える。

(どこに行ってもヒカリ、ヒカリ、ヒカリ。彼女の名前ばかりだわ)

――あの日異世界からやってきた少女ヒカリは、瞬く間に人気者になった。

絶大な光魔法もさることながら、彼女が使える魔法は光魔法の中でも珍しい癒しの力を持っていたのだ。同じ魔法の使い手でも、魔物をせん滅するシアーラとは真逆の力。

さらに彼女は、人を魅了せずにはいられない魅力も持っていた。

明るく朗らかで、どんなに気難しい人物でも彼女が話しかければ相好を崩さずにはいられない。

……それもまた、人々の表情を硬くさせるシアーラとは真逆だった。

気づけば王宮のあちこちでヒカリを見かけるようになり、公の場でも毎回ヒカリを見かけるようになり、そしてクライヴの隣にも、いつもヒカリがいるようになっていた。

シアーラと会っている時とは違い、ヒカリと話している時のクライヴは幼い頃のように、やわらかな笑顔を浮かべている。

シアーラはそれを遠くから、羨望の眼差しで見つめずにはいられなかった。

(なんて、仲睦まじいの)

並ぶふたりの姿に、ぎゅっと胸が痛くなる。

(どうしてそこに立っているのは、私ではなく彼女なのかしら……)

本来ならシアーラがいるはずの場所に、ヒカリが立っている。

そう考えた途端自分の中に嫉妬の気持ちが湧き起こるのを感じて、シアーラはあわてて首を振った。

(いけない、嫉妬しても何も始まらないわ。それに彼女は私と違ってあんなに可愛らしいんだもの。皆に愛されるのも当然よ……)

実際ヒカリは、シアーラの目から見ても愛らしい少女だった。

この国の礼儀作法には不慣れなものの、指導役を務めるシアーラの厳しい教えにもめげず、日々ぐんぐんと吸収していく。

身分問わず誰にでも気さくに接し、さらにこの国が抱えていた問題もいくつか彼女の持つ異世界知識で解決したこともあり、人気は日を追うごとに上昇していく。

逆にシアーラの王宮人気は、恐ろしいほどの速さで下がっていった。

——だから王宮の人々が、人目をはばからずにこう言うようになっても、シアーラには何も言い返せなかった。

「この国の王妃がヒカリさまだったらよかったのに。明るくて、可愛くて、優しい、理想のお人柄じゃない。それに見て、陛下も楽しそうだわ」

「クライヴ陛下は文武両道ですべてに優れたお方なのに、妃にだけは恵まれなかったからなあ……確かにヒカリさまが王妃の方がいいと思うよ」

「別に今からでも遅くないいんじゃなくて？　だって、クライヴ陛下と王妃は未だに白い結婚のままなんでしょう？」

その言葉に、王宮の人々の目の色がサッと変わった。

「……そういえばそうだな。よく考えたらふたりは白い結婚のままだ」

「確か白い結婚が三年続けば、離婚が許されていたのでは？」

「そうだよ、今からでも遅くない。ヒカリさまに新たな王妃になってもらえばいいんだ……！」

〝ヒカリを新たな王妃に〟

誰が言い出したのか、その言葉は気づけば王宮中に広がっていた。まるで伝染病のように、素早く一瞬で。

同時にその頃には、シアーラ自身も悩み始めていた。

（精一杯頑張ってきたつもりだけれど、私では役不足なのかもしれない。これ以上王宮を混乱させ

る前に、自分から身を引いた方がいいのでは……それに、陛下だって）

ヒカリに微笑みかけるクライヴの姿を思い出し、シアーラの胸がぎゅっと苦しくなる。

結婚して数年、シアーラにあんな優しい笑顔が向けられたことは、一度もない。

やがて散々悩んだ末に、シアーラはクライヴの執務室を訪れた。

「陛下。大事なお話があるのですがよろしいでしょうか」

「……他の者は出て行け。王妃とふたりで話をする」

クライヴの声に、執務室から側近たちが出ていく。

シアーラがクライヴを見る。

こうやってふたりきりになるのは、久々だった。

気まずくしんと静まり返る執務室の中で、シアーラは散々ためらってから口を開いた。

「陛下、私も王宮内のことは把握しているつもりです。ヒカリさまが皆に好かれていることも、私が皆に嫌われていることも……。だからこれ以上、陛下や皆にご迷惑をおかけするわけにはいきません。私は光の聖女をヒカリさまに譲り、あなたと離婚をしたいと――」

「駄目だ」

それはシアーラの予想に反して、反論を許さないきっぱりとした物言いだった。

てっきりすぐに受け入れられると思っていたシアーラは、予想外の言葉に目を見開く。

「で、すが……」

「王妃は君だ。光の聖女も君だ。それは大神殿が決めたこと。今さら覆せるものではない。話は以上だ」

動揺するシアーラの言葉を、すぐさまクライヴが封じる。

久々にまっすぐ見た彼の赤い瞳は、炎のように燃え立っていた。

彼はそれだけ言うと、また書類に目を戻した。

これ以上話を続ける気はない、ということらしい。シアーラは戸惑いながらも引き下がるしかなかった。

「……わかりました」

(私がこのまま王妃の座にいても、きっと国のためにも陛下のためにもならない。陛下なら大神殿の決定ぐらい覆せるはずなのに、どうして……?)

けれどシアーラがその理由を聞くことはなかった。

――その直後に、クライヴの暗殺未遂事件が起きたからだ。

◆

その日は珍しく、彼からお茶に誘われていた。

用意されたふたり分の席に、ふたり分のお菓子とお茶。

そんなことは結婚してから初めてで、シアーラは柄にもなく浮かれていた。

(もしかしてこの間離婚を切り出したから、関係修復のために陛下が手を打ってくれたのかしら)

願いにも似た淡い期待に、かつてないほど胸がドキドキする。

指定された時間通りにやってきたクライヴは、ここ数年ずっとそうであるように、シアーラの前では無口だった。でもそれでもよかった。

ふたりきりの時間を過ごせる。

それだけでシアーラは、ティーカップを持つ手が震えるほど幸せだった。

だから突然クライヴが目を見開き、ガハッと血を吐いた時、何が起こったのかすぐに理解できなかった。

「これは……!?」

口を押さえたクライヴの指の隙間からぼたぼたと垂れるのは、赤すぎるぐらいに赤い、血。

ヒュッ、とシアーラの喉が鳴った。

「へい、か……?」

シアーラの手からティーカップが落ち、ガチャンと落ちて粉々に砕け散る。

それが引き金となったかのように、またクライヴがごぼっと血を吐く。

「陛下!!」

シアーラが転げるようにして走っていったのと、クライヴの体がぐらりと傾いたのは同時だった。

「陛下!! 陛下!! っ……!! 誰か、誰か来て!! 助けて——!!」

彼が倒れる寸前になんとか支え、シアーラは必死になって叫んだ。

異変に気づいた衛兵たちの足音が聞こえ、バタバタと人が集まってくる中、シアーラは血で手が汚れるのも構わずクライヴに声をかけ続けた。

「陛下!! 陛下!! お願いです目を開けて!!」

「王妃陛下! いったん離れてください! 宮廷医師が陛下の治療に当たります!」

衛兵に引きはがされ、シアーラは呆然としたまま、目の前で必死にクライヴの救命措置が行われるのを見ていることしかできなかった。


その後なんとか一命をとりとめたクライヴは、死人のように青い顔をしたまま自室へと運ばれていった。シアーラも中まで付き添おうとしたものの、一歩踏み入れようとしたところで近衛騎士に止められる。

「王妃陛下、ここはご遠慮ください。王の私室です」

確かに、王の私室には王妃ですら立ち入ってはいけない決まりがある。びくりとシアーラの体が揺れた。付き添いたい気持ちと、規律を守りたい気持ちがせめぎ合っていた。

そこへ、涙をぽろぽろとこぼしたヒカリが走ってくる。

「通してください！　わたしは〝光の癒し手〟です！　わたしならクライヴさまを助けられます！」

（そうだわ！）

シアーラはハッとしてヒカリを見た。

彼女の癒し能力なら、死にかけのクライヴだって助かるはずだ。

クライヴの部屋の中に飛び込んでいくヒカリを見ながら、シアーラは必死に祈った。

（お願いです。どうか陛下をお助けください！）

それからよろよろと自室に戻ったシアーラだったが、待てど暮らせどクライヴの意識が戻ったという連絡はこない。

（ヒカリさまがいるから、きっと大丈夫よね……？）

そう思うのに、不安がぬぐえない。

落ち着かなくて部屋をぐるぐると歩いていると、突如ノックもなしにバタンと扉が乱暴に開けられた。

かと思うと、鎧を着た騎士たちが一斉になだれ込んでくる。

彼らの顔は一様に険しく、まるで魔物でも見るような目でシアーラをにらんでいた。

「シアーラ王妃。貴殿にはクライヴ国王暗殺の嫌疑がかかっている。こちらに来てもらおうか」

「え……？」

（私が……暗殺？）

「聞けばあの日、陛下を呼び出したのも菓子を用意したのも、すべて貴殿だそうだな？　王妃からお茶に毒を盛るよう指示されたと、女官が証言している」

（なんのこと……!?）

「私はそんなこと知りません！　何かの誤解です！」

けれどシアーラの声は届かなかった。

腕を掴まれ、シアーラは王宮の人々が驚愕の目で見つめる中を、強制的に連れて行かれる。

ガシャン！　という音は鉄の扉が閉められた音だ。

気づけばシアーラは、ドレス姿のままじめじめとした地下牢に入れられていた。

（何が、起きたの……？）

呆然としたシアーラがその場にへたり込む。

クライヴが殺されかけその安否もわからないというのに、今度はシアーラが暗殺の疑いで地下牢に入れられているなんて。

触れた床はひんやりと冷たく、これが夢ではないことを告げていた。

そしてこの区画には自分以外誰もいないらしく、辺りはシン……と静まり返っている。見張り兵すらいない。

目まぐるしい変化についていけず、シアーラが額を押さえたその時だった。

コツコツ、と軽い足音がしたかと思うと、この地下牢には似つかわしくない清廉な空気をまとったヒカリが現れたのだ。

「ヒカリさま！」

シアーラは駆け寄って鉄格子を摑んだ。同じく心配そうな顔をしたヒカリも駆け寄ってくる。

「シアーラさま！　大丈夫ですか？」

「それが、私もどうしてこうなったのかわからなくて……。それより陛下はご無事なのですか!?」

自分がなんの間違いで閉じ込められたのかはわからないが、それよりもクライヴのことが心配だった。

(でもヒカリさまならきっと、彼を助けられるはず)

そう思って尋ねたのに、ヒカリはなぜかそこで黙り込んだ。

それから。

「ぷっ」

と笑う。

(え？　笑った……？)

「あははははっ！」

戸惑うシアーラの前では、ヒカリがさらに大きな笑い声を上げていた。

「バァッッカみたい！　こんな状況になってまで『陛下はご無事なのですか!?』って。全然気づいていないんだぁ！」

「ヒカリさま……？」

（この方は……ヒカリさま……よね……？）

シアーラは信じられない思いで目の前の女性を見つめた。鉄格子から手が離れ、一歩後ずさる。

そこにいるのは確かにヒカリなのに、シアーラが知っているヒカリとはまったく違っていた。

いつも楚々として可愛らしい顔は悪意に歪み、吊り上がった目はシアーラを馬鹿にしきっている。

「本当あなたって鈍いのね！　みんなが『王妃は人の心がわからない』って言っていたのも納得だわぁ！　わたしが裏であんなに悪口を広めてたのに、全然気づかなくて笑っちゃう」

（私の悪口を、広めていた……？）

ヒカリが言葉を発するたびに、シアーラの中で何かがガラガラと崩れ落ちていく音がした。

「なぜそんなことを……⁉」

そこまで言ってシアーラはハッとした。

「もしかして」

驚愕の表情でヒカリを見ると、彼女がにやりと笑う。

「ふふっ。その顔、ようやく気づいたのね？　そうよ。あのお茶会をセッティングしたのはわたし。あなたたちを呼び出したのもわたし。そして陛下に毒を盛ったのも、わたしよ」

「どうして……⁉」

シアーラがはくはくと口を動かすと、ヒカリが顔を歪めた。その顔は笑っているのに、目を逸らしたくなるほど醜悪だった。

「だってあなたがなかなか消えてくれないんだもの。離婚は時間の問題かと思っていたら、陛下は『離婚はありえない』って言い出すし」

確かに先日の会話で、クライヴは離婚する気はないと言っていたが——。

（だからって毒を盛って、私に罪をなすりつけるなんて……！）

絶句するシアーラの前でヒカリが嗤う。

「ふふ、本当簡単だったわぁ。みんなわたしの言うことならぜーんぶ聞いてくれるんだもの。それとも、あなたがよっぽど嫌われていたのかしら？」

シアーラはその時になってやっと、自分の知らぬ間にヒカリがこの王宮を掌握《しょうあく》していることに気づいた。

いくらヒカリとて、協力者なしにはクライヴのお茶に毒を入れることはできないからだ。

（ああ……！　私がもっと早く気づいていれば……！）

言葉を失い、うなだれるシアーラに向かってヒカリが嬉しそうに言う。

「今頃、あなたの部屋から毒が見つかっているはずよ。早ければ明日にでもあなたの処刑が行われるんじゃない？　唯一それを止められるクライヴさまはもうしばらく寝かせておくつもりだし」

「そん、な……」

「安心して。あなたが処刑されたら、クライヴさまはちゃあーんとわたしが治すから。そして王妃に裏切られた悲劇の王様は、自分を癒してくれた聖女と結ばれるのよ。素敵なお話だと思わない？」

くすくす、くすくすとヒカリが楽しそうに笑う。

シアーラはそれを愕然《がくぜん》と聞いていた。

「それじゃあさよなら、王妃サマ」

あははははは！　と、地下牢にヒカリの高笑いが響く。

――そしてヒカリの言葉通り、シアーラはすぐに処刑場に引きずり出された。

元々反感を買っていた王妃だ。国王不在の今、その処刑を止める者は誰もいない。

「まぁ見て！　あれが王を殺そうとした女よ！」

「きっと嫉妬に身を焼かれたんだな。クライヴさまがヒカリさまに惹かれているからって、殺そうとするなんて」

「それだけじゃないわよ。今国王が死ねば、自分が王の椅子に座れると思ったんじゃないの？　あ、なんて恐ろしい女！」

飛んでくる罵声にも、シアーラはうなだれるだけ。

（ああ……こんなことになるのなら、嫌われていても素直に伝えていればよかった。ずっとあなたが好きだった、と）

やがて滑り出したギロチンの音とともにシアーラの視界は真っ白になったのだった。

第二章 ―― 戻って来た王宮で

Chapter 2

――話は戻り、王宮の廊下にて。

なんの因果かふたたび戻って来たシアーラは、ぎゅっとクライヴに抱き付いたままだった。

「……シアーラ」

そこに、控えめに肩を摑まれて押し戻される。

見上げた先では、戸惑いの宿る赤い瞳がこちらを見ていた。

(陛下がご無事でよかった……！)

目の前にいるクライヴは、健康そうだ。

その姿は若くたくましく、それでいて既に王の風格も漂っているいつも通りの彼。毒を盛られる前の彼とそう違いはない。

(これは一体どういうことなのかしら。私はあの時確かに処刑されたはずなのに……)

シアーラは確かめるように尋ねた。

「陛下。ヒカリさまはどちらに？」

「ヒカリ？　誰のことだ？」

表情からして、嘘をついているわけではないらしい。念のためクライヴの側近の方を見ると、彼も「はて？」という顔でこちらを見ていた。

（ヒカリがいない？）

シアーラは考えた。

（ただの夢というには、色も匂いも、何もかもあまりにも鮮明だった。だとしたら私は……もしかして、過去に戻って来てしまったの？）

それは突拍子もない考えだった。けれど魔物や魔法が存在するこの世界なら、まったくありえないという話でもない。それに、こうでも考えないと今の状態は説明がつかなかった。

「……アーラ、シアーラ！」

強く名前を呼ばれて、シアーラはハッと顔を上げた。どうやらいつの間にか考え込んでしまっていたらしい。

「一体どうしたんだ？　今日の君は何かおかしいぞ」

「あ……」

そこでようやくシアーラは周囲の状況に気づいた。

怪訝《けげん》な顔で自分を見つめるクライヴに、側近に、侍女たち。

事情を知らない彼らからしてみれば、シアーラが突然おかしくなったように見えるだろう。

しかもよく見ると、シアーラは寝間着のままだ。焦っていたとはいえ、とんだ醜態にシアーラが頬を赤らめる。

(こんな姿のまま人前で彼に抱き付くなんて……！)

たじろぐシアーラに、困惑を隠しきれないクライヴが言う。

「……先ほどのは聞かなかったことにする。最近忙しかったから、君も疲れているんだろう。公務は気にせず休暇をとってもいい」

「そういうわけでは……！」

(疲れているから来たわけじゃないわ！)

自分がなぜまた過去に戻って来たのかはわからない。

けれどシアーラは、ふたたび生きてこの地に立っているのだ。

ならば、今度こそ同じ轍は踏まない。

(あの人の……ヒカリの思い通りにはさせない)

シアーラはぐっと拳を握ると、力強く顔を上げた。

「陛下……いえ、クライヴさま」

彼の名を呼んだことで、クライヴがまた目を丸くする。

無理もない。

結婚してから――いや、幼いあの日にクライヴと別れてから、シアーラが彼の名を呼ぶのは初めてなのだ。

「少しお時間をいただけませんか。私たちの将来に関わる、大事なお話があるのです」

（もしかしたら私が見たのは夢だったのかもしれない。でもあの事件が起こる可能性が少しでもあるのなら……絶対に止めてみせる！）

シアーラの真剣な表情に、クライヴも何かを感じ取ったらしい。彼は戸惑いながらもすぐにうなずいた。

「わかった。それなら私は執務室で待っている。……だがその前に、まず着替えてきなさい」

彼が気まずそうに言いながら、自分の上着を脱いでシアーラにかけた。

そのことでハッとする。

（そ、そうだった！　私、寝間着のままだったわ！）

「着替えてきます！」

シアーラは叫ぶと、急いで自分の部屋へと引き返していったのだった。

◆

「――それで、君の話によればそう遠くない未来に〝ヒカリ〟という名の異世界人がやってきて、君を冤罪《えんざい》に陥れて処刑すると。そういう話であっているか」

いつも通りの服に着替え、髪も結い上げたシアーラがうなずく。

ふたりは今、クライヴの執務室で向き合って座っていた。そこでシアーラは自分の身に起きたことをすべてクライヴに話したのだ。

（……といってもこんな突拍子のない話、きっと信じてもらえないわ）

自分でもわかっている。子供のついた嘘の方が、まだ信憑性があるだろう。場合によってはこれが原因で、またクライヴと言い争いになるかもしれない。

何せ彼とはもうここ何年もの間、ずっとうまくいっていなかったのだから。

（クライヴさまに話さず、私ひとりで進めるべきだったのかしら。いえ、でも……）

シアーラが悩み始めたその時だった。

クライヴがゆっくりと息を吐いたかと思うと、彼の赤い瞳がまっすぐにシアーラを見つめたのだ。

その強い眼差しにドキリとする。

こんな風に彼から見つめられたのは、いつぶりだろうか。

「……話はわかった。ではまずその〝ヒカリ〟という人物が現れるかどうかなのだな」

その言葉にシアーラが目を丸くする。

「信じて、くださるのですか……？」

てっきり鼻白んで呆れられるか、戯言《ざれごと》だと突っぱねられるかと思っていたのに。

驚くシアーラを見て、今度はクライヴが困惑する。

「全部信じたわけではない。だが……君はそんなことで嘘をつくような人物ではないだろう」

その言葉にシアーラは息を呑んだ。

「クライヴさま……」

シアーラたちの夫婦関係は、お世辞にもうまくいっているとはいえなかった。言葉には出さないが、クライヴはシアーラを嫌っていたはずだ。

けれどそうした関係の中であっても、彼なりにシアーラのことを信じていた部分もあったらしい。

(今はそれだけでも嬉しい……)

胸が熱い。

シアーラはぎゅっと手を握るとうなずいた。

「私の記憶が正しければ、ヒカリは五カ月後にやってくるはずです」

彼女がなぜ、どうやってこの世界にやってきたのかはわからないが、ヒカリははっきりとクライヴに毒を盛ったのは自分だと言っていた。

なら、今はヒカリが本当に現れるのかどうか待つほかない。

(彼女が来るまで、私はどうすべきかしら。このままただ待っているだけでは、またあの未来がやってきてしまう気がする)

鋭く光るギロチンの刃を思い出して、シアーラは身震いした。

「……シアーラ」

そこに、クライヴの控えめな声がかかる。

顔を上げると、クライヴがじっとこちらを見つめていた。

「はい。なんでしょうかクライヴさま」

「いや……」

自分で声をかけたにもかかわらず、クライヴはなぜか聞くのをためらっているようだった。

「……その、なぜ君は急に、私を『クライヴさま』と呼ぶんだ？　今までずっと『陛下』だったのに」

「気分を害されてしまったのなら申し訳ありません」

シアーラが深々と頭を下げると、クライヴが戸惑ったように首を振った。

「違うんだ、別に怒っているわけではない。ただ、理由が気になって」

「理由……」

言いながらシアーラは考えた。

彼を『陛下』ではなく、『クライヴさま』と名前で呼ぶようになった理由。

それは。

「……あなたの名前を呼ばずに死にたくない、と思いました」

規律を守り、自分を律して、我慢した結果、シアーラは処刑された。

本当は幼い頃のように、彼を『クライヴさま』と呼びたくてたまらなかったのに。

「私は今まで、光の聖女だから模範にならなければとずっと我慢してきました。でもそれに一体なんの意味があったのでしょう？　好きな人の名前を呼ぶことすらできない生涯は、本当にいい人生だと言えるのでしょうか。……そう思っただけなんです」

だからシアーラは『陛下』と呼ぶのをやめて『クライヴさま』と呼ぶことに決めたのだ。たとえまた王宮の人々に後ろ指を指されることになろうとも、アッカー夫人に鞭打たれることになろうとも、もう従うつもりも恐れるつもりもなかった。

シアーラがそう言うと、クライヴは面食らったようだった。

「君、は……。……先ほども言っていたな？　私のことが好きだと。それは、本当なのか……？」

一文字一文字、確かめるように言っている。その瞳はいつも以上に真剣だった。

思い出してシアーラの頬が朱に染まる。

(嫌がられると思って今まで一度も伝えたことはないもの。戸惑うのも当然だわ。でも……)

――もう、自分の気持ちは隠さないと決めた。

シアーラの海を閉じ込めたような青い瞳が、じっとクライヴを見つめる。

「本当です。小さい頃からずっとお慕いしておりました」

その答えに、クライヴが言葉を失くしたのがわかった。

彼の見開かれた赤い瞳が、信じられない、と語っている。それから手で顔を押さえたかと思うと大きなため息をついた。

（きっとまた、クライヴさまを困らせてしまったのね……）

今さらこんなことを言われても、彼にとっては迷惑でしかないだろう。

それでも言わずにはいられなかった。

もう二度と後悔したくないから。

「それでは私は失礼いたします。お話を聞いてくださってありがとうございました」

「あ、ああ」

最後にもう一度美しいカーテシーをして、シアーラは執務室から出た。

――その時シアーラは気づかなかった。手で顔を押さえたクライヴの頬が、真っ赤になっていたことに。

◆

「さて……これからどうしたらいいのかしら」

部屋に戻ったシアーラは考え込んだ。

シアーラを陥れた張本人であるヒカリはまだいない。

もし本当に前回と同じ人生をなぞっているのなら、ヒカリが来るのは五ヵ月後になるはずだ。

（今度こそ陥れられるわけにはいかないけれど、どう対策したらいいか……）

悩んでいると、部屋の扉がノックされてひとりの騎士が現れた。

鳶色の髪に薄茶の瞳。普段無口な彼は、聖女守護騎士団の団長エディだった。彼はいつも通り淡々とした口調でシアーラに言う。

「王妃陛下。各地で新たに魔物が出現し、人手が足りない状況です。支援要請が来ていますがいかがなさいますか」

（……そうだわ。ヒカリのことの前に、問題は山積みだった）

そもそも王妃としてやらなければいけない公務は多い。

式典や大使の接待など国内外にまつわる対応は当然のこと、光の聖女であるシアーラには聖女としての魔物討伐もあるのだ。

大部分は神殿に所属する聖女と、聖女を守護する聖女守護騎士団の騎士たちが対応するものの、難易度や緊急性が高い魔物にはシアーラが対応することになる。

ノルデン王国の王妃は他国の王妃と違い、光の聖女という役割を持つため王宮でじっとしていることが少ないのだ。

「わかりました。すぐに行きます」

シアーラはためらうことなく言った。それから侍女に手伝ってもらって服を着替える。

聖女として出動する時、シアーラは聖女の制服をまとう。

聖女の制服は修道服によく似ているが、生地は必ず白だと決まっていた。シアーラのみならず、聖女として魔物討伐に出かける少女たちは皆同じ形のものを着ている。ただし金の刺繍が入っているのは、光の聖女であるシアーラだけだ。
最後にシアーラ専用の錫杖——魔力を通しやすい特殊素材を使用している——を持つと、シアーラは王宮を出た。

外では、シアーラの神馬が待っていた。この馬は神殿で育てられた光の聖女専用の馬で、普通の馬よりもずっと足が速い。シアーラは軽い身のこなしでまたがるとエディに聞いた。

「それで今回向かう場所は」

「ベリサウーの村です」

ベリサウー。その名にシアーラがぴくりと反応する。

（そういえばヒカリがやってくる少し前に、魔物が活性化して何ヵ所か遠征したことがある。そのうちのひとつがベリサウーだったわ。確か、足の速いウルフ型の魔物が出現していたはず……）

思い出して、シアーラはぎゅっと眉根を寄せる。

「急ぎましょう。こうしている間にも村に危機が迫っているわ」

「はい」

ベリサウーは王都から近いということもあり、たどり着くのに時間はかからなかった。

村を襲っていたのはシアーラの記憶通り、ウルフ型の魔物。

シアーラは先に到着していた騎士団と合流すると、すぐさま指示を出した。

「皆は守りの型で対応してください！」

「はいっ！」

対ウルフ型では騎士たちが盾を構えて守り、その後ろから聖女たちが光魔法で魔物を倒す。

もっとも、シアーラの場合はすさまじい速さと精度で強力な光魔法を発動させるため、隊列の中には加わらずに戦う。エディの守りもほとんど必要としないため、その分彼は他の人のサポートにまわらせていた。

やがて魔物をひと通り倒し終わり、エディが後始末のために奔走する。

「陛下。騎士たちの見回りも終わりましたが、ほぼほぼ片づいたようです」

「ありがとう。村人たちの死傷者数は？」

「怪我人は何人かいますが、死者はゼロです」

その報告にシアーラはほっと胸をなでおろす。

無事、魔物を討伐できたのだ。

騎士団たちの呼びかけに、避難壕に隠れていた人たちも地上に現れる。多少の損害は受けてしまったものの、また平和が戻って来た村を見て彼らは目を潤ませた。

「聖女様方、騎士様方、ありがとうございます！　これでまた暮らしていけます！」

「魔物の群れを見た時は本当にどうしようかと……！」

老夫婦に子供連れの若夫婦。働き盛りの男性に、うら若き女性。彼らから口々に感謝されて、シアーラはうなずいた。

「間に合ったようで何よりです」

そこへ、小さな女の子の高い声が響く。

「おねえちゃん！　おにいちゃん！　ありがとう！　これ、おれいにあげます！」

そう言って女の子が差し出したのは、小さな鞄いっぱいに詰め込まれたビスケットだった。非常食として持ち出していたものかもしれない。

「きゃあ！　これ、いただいていいんですの⁉　魔法を使った後はお腹が空くから嬉しいわ！」

すぐさまひとりの聖女が声をはずませながら飛び出した。

その姿を見てシアーラが目を丸くする。

（この人……）

――それは以前、クライヴ十五歳の生誕パーティーでシアーラに注意され、泣き出していたピンクブロンドの令嬢だったのだ。

どうやら彼女は彼女で、聖女としてこの遠征に同行していたらしい。

「やめておきなさいルイザ！　王妃様が見ているわ！」

友達らしい聖女が、あわててルイザと呼ばれた少女の袖を摑む。彼女はシアーラに気が付くと「あ」と呟いて、それからバツが悪そうに目を逸らした。

（お菓子は禁止されているものね……）

じっとビスケットを見ながらシアーラが思い出す。

大神殿の規律では、聖女は果物以外の甘味、つまりお菓子を食べることは許されていない。お菓子の〝純度〟が低いため、聖女たちの魔力に悪影響がでるというのが理由だった。

（でも……）

「……あれ？　ママのびすけっと、いらない……？」

誰も手にとらないことに気づいた女の子がしゅんとする。

騎士のひとりがあわててフォローに走った。

「ごめんな。食べたいんだが、我々には厳しい規律があって――」

「いいえ、ありがたくいただきます」

そこへ凛とした声で進み出たのは、他ならぬシアーラだった。

「えっ」

騎士と聖女たちからざわめきが上がり、皆驚いたようにシアーラを凝視している。

シアーラは皆が見つめる前でビスケットを一枚とると、サクッと口に含んだ。

口に広がるのは香り豊かなバターの風味。久しぶりに食べるお菓子は魔力が下がるどころか、疲れた体に染みわたるような、優しい甘さがした。

（ビスケットって、こんなにおいしいものだったのね……）

シアーラは噛み締めるようにビスケットを味わった。

今までだったら、シアーラはきっとこんな小さな女の子が相手であっても断っていただろう。そして食べようとしていたルイザを叱責していたかもしれない。

けれど来る日も来る日も我慢を重ね続け、その挙げ句に死んだシアーラはもういない。

今ここにいるのは、一度死んでよみがえった、新しいシアーラだった。

（なら……私は変われるはずよ。クライヴさまの名前を呼べるようになったのと同じように）

シアーラは女の子に向かってにこりと微笑んだ。顔の横に垂らした白銀の髪の房がふわりとなびき、青色の瞳が優しく細められる。

それは普段厳格なシアーラには珍しい、慈愛のこもった笑みだった。

「本当においしいわ。素敵なものをありがとう」

まさに聖女のごときシアーラの笑顔に、女の子はぽぅっと見惚れている。それからパッと顔を輝かせたと思うと、その場でぴょんぴょん飛び跳ね始めた。

「ねぇ！　せいじょさまってとってもきれいだね！　あたしもせいじょさまみたいになりたいなあ！」

「メリンダったら！」

少女の母親があわてて少女を抱き上げている。そんな親子を微笑ましく見ながらシアーラは振り向いた。

「みんなも食べたかったらどうぞ食べてちょうだい。遠慮はしなくていいわ」

その言葉に騎士や聖女たちが戸惑ったように互いの顔を見合わせている。

(無理もないわ。以前の私なら、決して言わなかったことだもの)

シアーラがこの場にいては、彼らもきっと食べづらいだろう。邪魔にならないよう、シアーラが離れたところに移動しようとした時だった。

「あの……本当に食べてもいいんですの？」

ずい、と半信半疑の顔でルイザが乗り出してきたのだ。

シアーラがうなずく。

「ええ、もちろんです」

「でもどうして急に？　以前王妃様は厳しく言っておられましたわよね？　決められたもの以外食べてはいけないと」

「ルイザ！」

挑むような彼女の態度に、他の聖女が「やめておきなさいよ！」とあわててルイザを引っ込めようとする。シアーラはゆっくりと言った。

「『質の低い食べ物を口にすることで、魔力が落ちる』。私はそれを理由に、ずっとあなたたちに厳しい規律を強いてきました。でも……それが絶対の正解だとは、思えなくなってしまったんです。だったら、たまにはみんなで規律を破ってもいいのかもしれないと思って」

「へ？」

ふふ、とひとり微笑むシアーラを、ルイザが魔物でも見るかのような目で見ている。

「それにあんないたいけな子を泣かせるなんてこと、できないもの。あの子にちゃんとお礼が言えるのなら、今日はどれだけ食べても見なかったことにするわ」

（実際、お菓子を食べることで下がる魔力は微々たるもの。毎日ならいざ知らず、こんな時にまで禁止する必要はないわ）

シアーラは言うと、ひと足先に宿屋に向かって歩き出した。すぐに後ろから、やった〜！　というはしゃいだ声が聞こえてくる。

（ルイザ……だったかしら。あのご令嬢も不思議な方だわ。何かと私に対立してくるイメージを持っていたけれど、あの方はビスケットが差し出された時、真っ先に食べようとしていた）

ビスケットは、あの女の子の小さな鞄いっぱいにそのまま詰め込まれていた。鞄はお世辞にも綺麗とはいいがたく、むしろ使い込まれてくたくたになっていたように思える。

そんな場所に包装もなく入れられていたビスケットは、貴族であるルイザだったら「汚い」と顔をしかめてもおかしくない代物だっただろう。

けれどルイザは、何もためらうことなくそれを食べようとしていた。

（……あの方は悪い人ではないのかもしれない）

そこへ後ろをついてきていたエディが、珍しく仕事の用件以外で口を開いた。

「……陛下、変わりましたね」

「そう……かもしれないわね」

(だって私は一度死んでいるんだもの、変わって当然だわ)

と思いながらもシアーラは口には出さなかった。

あのことはクライヴ以外、話すつもりはない。

「ええ。今の寛容さは、まるでクライヴ陛下のような……」

「そうね……。陛下は寛容だもの」

思い出して目を細める。

クライヴはシアーラとはよくぶつかっていたが、シアーラ以外には優しく寛容だった。王らしい堂々としたふるまいに、広い心を持つ若き王。クライヴは賢王として、既に民から絶大な人気を集めている。

彼の即位が早まったのも、「クライヴなら大丈夫だ」と先王が決意したからだった。

(今までは規律を守ることばかりにこだわってきたけれど、私もクライヴさまや、それにヒカリのことも見習うべきなのかもしれない)

ヒカリの本性がああだったとはいえ、彼らふたりはどちらもその人柄で人気を集めていた。

クライヴはその威厳と寛容さで。

ヒカリはその明るさと可愛らしさで。

(もし私も彼らのような人物だったら……少しは結末が変わっていたのかしら)

以前、シアーラを心配した母親にこう言われたことがある。

『シアーラ……。他人は自分を映す、鏡なのよ』

母親いわく、シアーラが彼らに厳しく接するから、彼らもシアーラに対して厳しい目を向けるのだという。

当時のシアーラはその言葉がよく理解できず、そしてアッカー夫人を恐れて会話もそこそこに母親から逃げたが、今だったら言葉の意味が少しだけわかる気がした。

(私も未熟だったわ……。一度死んで、ようやく気づくなんて)

思わず自嘲めいた笑みを浮かべてしまいそうになるが、シアーラは否定するように首を振った。

(過去のことを後悔しても意味はない。私は私なりに、前に進まなければ)

支援要請が来ている場所はベリサウーだけではない。シアーラは明日に備え、早めに休むことにした。


次にシアーラたちが訪れたのは、ベリサウーの次に王都に近い町だ。

そこにいたのはグリフォン型の魔物。狂暴な上に空から襲ってくるため、守り役の騎士たちが活躍しにくかった。

こういう時こそシアーラの出番だった。

歴代光の聖女随一とも言われる魔法発動の速さと正確さで、錫杖を使いながら片っ端から魔物を撃ち落としていく。

ルイザを後ろから襲おうとしていた魔物を消し飛ばし、がつがつと鋭い爪でエディに摑みかかっていた魔物を打ち抜く。空に飛び交うシアーラの魔法は、まるで神が降らせた光の槍のようだった。

その鬼気迫る活躍には、ルイザや他の聖女たちも思わず手を止めて見とれてしまうほど。

「――さすが光の聖女様ですわね」

討伐がひと段落し、シアーラが杖をエディに預け水を飲んでいる時だった。

シアーラの横にひょいとルイザが姿を現したのだ。

彼女が話しかけてくることは初めてで――というよりもエディ以外の誰かがシアーラに話しかけてくること自体滅多にないことだったため、シアーラは口に水を含んだまま一瞬硬直した。

「……ありがとう」

ごくりと口の中の水を飲んでからお礼を言うと、ルイザがなぜかぶすっとしたまま続ける。

「今日はおかげで助かりましたわ。……どうもアリガトウゴザイマス」

お礼の言葉がやけに硬い。

きっとルイザは、今もシアーラのことが嫌いなのだろう。

(それでも律儀《りちぎ》にお礼を言いにくるなんて……やっぱり、いい子なのかもしれない)

シアーラがふふっと笑うと、ルイザが頰を赤らめた。

「わ、笑わないでくださいます？　わたくしこれでも真剣に王妃様のことを褒めているんですのよ」

「ごめんなさい、つい」

怒るルイザの姿が可愛らしくて、くすくす、くすくすとシアーラの笑いは止まらない。

（こんな風に笑うのは、初めてな気がする）

シアーラはずっと規律の中で生きてきたから、こうして同世代の女の子たちと笑い合った経験なんてなかった。

横ではルイザがぶすりとした顔で続けている。

「今日は飛ぶタイプの魔物でしたから、本当にしんどくって。でも王妃様がわたくしたちの分もみんな倒してくれたから、みんなも感謝しているんですのよ？」

そう言ってルイザが指さした先を見れば、他の聖女たちが固まって、もじもじしながらこちらを見ていた。

「ねえ皆様もわたくしひとりに言わせてないで、直接言ったらどうなの！」

ルイザの呼びかけに、その中のひとりが「だってぇ」と声を上げる。

「昨日の今日でそんな急に態度を変えたら、ちょっと笑われないか心配で……」

「別にそんなことないでしょう。多分」

腰に手を当てて言い放つルイザに、シアーラもうなずく。

「大丈夫よ。ルイザの言う通り、そんなことは気にしません。魔物が増えている今だもの、交流を深め、互いに協力しあうのはよいことです。でないと、この後の大変な局面で――」

そこまで言って、シアーラははたと止まった。

（この後の、大変な局面……？）

自然と口から出た言葉だったが、自分はどうしてそう思ったのか。

シアーラがそう考え始めたその時だった。

ギィイイイとこの世のものとは思えないけたたましい鳴き声がしたかと思うと、空から一匹の魔物がものすごい速度でルイザめがけてつっこんできたのだ。

「危ない!!」

誰かの叫び声が聞こえる。

シアーラはとっさに魔法を放とうとした。

だが、水筒を持っていたため一瞬遅れてしまう。

目の前ではルイザが驚きに目を見開き、硬直している。

シアーラはとっさに水筒を放り投げると、ルイザに体当たりをした。

「きゃあっ!!」

次の瞬間、ルイザの叫び声と同時にシアーラの肩に鋭い痛みが走る。

「うっ……！」

「陛下！　杖を！」

けれど痛みに気を取られている暇はない。シアーラはすぐさま錫杖を受け取ると、再度こちらに襲い掛かってこようとした魔物に向かって魔法を放った。

カッと目の前で閃光が弾けたあと——まるで最初から何もいなかったかのように、魔物は跡形もなく消えていた。

「お怪我は！」

血相を変えてあわてるエディを見ながら、シアーラは「大したことないわ」と首を振る。

「少し肩を切ってしまっただけよ」

言いながらシアーラは肩を見た。

制服の肩部分が切り裂かれ、そこに一本の太い傷口が見えている。

(油断してしまったけれど、大した傷ではないわ。これだったら遠征にも支障はない)

そう思ったシアーラだったが……意外にもまわりがそれを許さなかった。

ルイザが泣きそうな顔で、頑固としてシアーラの遠征続行に反対したのだ。

シアーラを怪我させた分、後は自分たちで必ず守るから帰って治療をしてください！　と。

さらにそこへ、そう間を置かずクライヴからも帰還の要請がかかる。

仕方なくシアーラは、ルイザたちに後を任せて帰還することになったのだった。

◆

「怪我は」

城に戻るなり、シアーラを出迎えたのは厳しい顔をしたクライヴだった。

シアーラが目を丸くする。

今まで遠征には何度も行っていたが、彼がシアーラを出迎えたことはない。そもそも帰還要請がかかること自体が初めてだった。

(やはり怪我をしたからかしら……といってもこれくらいなら、今までも何度かあったのだけれど)

困惑したシアーラが馬を降りると、クライヴが足早に近づいてきて再度尋ねる。

「怪我は」

「大したことはありません」

言いながら包帯を巻いた肩を見せるとクライヴは顔をしかめた。それから言い放つ。

「……君の怪我が治るまで遠征を禁ずる。現地には代わりの人員を多めに送れ」

「かしこまりました」

すぐさまエディが頭を下げる。同時にシアーラは眉を下げた。

「これくらい平気です。それにクライヴさまは、これよりもっとひどい怪我も負ってきたではありませんか」

シアーラと同様、クライヴも過去に幾度となく魔物討伐にでかけていた過去がある。王になってからその回数は減ってしまったものの、王太子だった頃はノルデン王国のあちこちへ視察を兼ねて遠征していたのだ。それもあって、民たちからの信頼は厚い。

その回数はシアーラよりも多く、さらに聖女のような光魔法を持たない彼は、シアーラよりずっと過酷な戦いを経験してきたはずだ。

「……それとこれとは話が別だ。とにかく、遠征は禁止する！」

言うなり、彼はパッとシアーラに背を向けてしまった。

そのままクライヴはすたすたと歩いていく。シアーラは隣にいたエディと顔を見合わせた。

「クライヴさまはどうしてしまったの？」

「さぁ……」

エディも困惑した顔だ。

けれど他でもないクライヴに禁止されてしまった以上どうしようもない。シアーラは大人しく部屋へと戻ることにした。

◆

（それにしてもなんだったのかしら……）

戻ったシアーラは、自分の部屋でじっと考え込んでいた。

あの時、魔物に襲われる直前。

シアーラは確かに何かを思い出していたのだ。

（この後の大変な局面……なんでこの言葉が出てきたのかしら……？）

シアーラは必死に記憶を探った。

（ベリサウーを始めとした魔物討伐が落ち着いた後に起こったのは……あ）

そして、思い出した。

――ヒカリがやってくる少し前に、ノルデン王国ではかつてないほど魔物が大量発生したことを。

それは後に当時の元号メナーフから取った〝メナーフの災厄〟と呼ばれるほどにすさまじく、シアーラだけではなくクライヴや王国中の騎士と聖女が駆り出されたほどだった。

それでもすべてを守りきることはできず、民間人、聖女を問わず、あちこちで膨大な死亡者を出してしまったのだ。事態はシアーラたちの働きでなんとか収束したものの、残された傷跡は深く、家族を亡くした嘆きの声が国中を包んだ。

そしてヒカリは、その最中にやってきていた。

彼女は持ち前の明るさと同時に癒しの光魔法を発動し、傷ついた人々の身も心も癒していった。

それも彼女の人気に繋がった理由のひとつだ。

（そうよ！　ヒカリがもうすぐやってくるということは、あの災厄がまたやってくるんだわ！）

自分の死に気を取られ、こんな大事なことを忘れていたなんて。

青ざめたシアーラがぎゅっと唇を引き結ぶ。

それからすぐにノルデン王国の地図を持ってこさせると、記憶を頼りに印をつけていった。

（ここと、ここも……あとここも襲われて、ひどい被害が出たはず）

地図の上に、どんどん赤い丸が増えていく。

（駄目だわ……！　たとえ事前にわかっていても、同時にすべてを守れるほどの人員がいない！）

魔物の襲撃は、まるで揃えたかのように国の各地で一斉に起こった。

そのせいで対応が遅れた地域には甚大な被害が出てしまったのだ。

（どうしたらいいの……！）

シアーラが頭を抱えているその時だった。

コンコンコン、とノックがしたかと思うと、思わぬ人物が入ってくる。――クライヴだ。

「シアーラ、怪我の具合は？」

どうやら彼はシアーラの様子を見にきてくれたらしい。

「クライヴさま！」

彼の姿に、なぜか目が潤んでしまう。

それをこらえ、シアーラはクライヴに駆け寄った。

「ちょうどクライヴさまに相談したいことが！」

他の人に相談したところで、誰もシアーラの言葉を本気では信じてくれないだろう。

でもシアーラの事情を知り、信じてくれたクライヴだけは別だ。

（よかった、クライヴさまが来てくれて……！）

ほっと、シアーラは安堵の吐息を漏らした。その表情を見たクライヴが一瞬息を呑む。

「っ……！」

それには気づかず、シアーラは机の上の地図を指さした。

「私、思い出したんです。ヒカリがやってくる直前、ノルデン王国に災厄が降りかかったのを」

「……災厄？」

その単語にクライヴの表情も真剣になる。

シアーラは覚えている限りのことを、ひとつひとつこと細かに説明した。

「……なるほど、にわかには信じがたいが、そんなことが」

「災厄が来る大体の日時もわかっています。けれどそれがわかったところで、人手が足りるかどうか……！」

「あとどれくらいの時間が残されている？」

「一ヵ月と少しだと思います」

「一ヵ月か……」

ふたりは黙り込んだ。

一ヵ月で、兵士を増やすのはそう難しくない。

しかし聖女を増やすとなると一筋縄ではいかないのだ。各地では幼い少女たちが聖女見習いとして修行しているものの、彼女たちまで駆り出すのはあまりに酷だった。

「ここは隣国に力を借りるべきか……？」

隣国には、結界の聖女と呼ばれる聖女がいる。ノルデン王国とは違い、かの王国は聖女が結界を張ることで魔物の侵入そのものを防いでいるのだ。

「ですが、かの国の聖女は我が国と違って数が少なく、希少です。果たして力添えしてもらえるかどうか……」

結界の聖女が自国を離れれば、たちまちその結界は消えてしまうだろう。もしそこにノルデンから発生した魔物が流れ込んでしまったら。

クライヴの眉間に皺が寄る。

「だめだ、隣国には頼めない」

シアーラも同じ意見だった。

「こうなったら臨時の議会を開こう。大臣たちには私が説明する」

その時、シアーラはとあることを思い出していた。

「そういえば、結界といえば……」

それはヒカリが来てから数ヵ月経った時のこと。

当時ノルデン王国ではまだ災厄の残した傷跡に苦しみ、それでいてひっきりなしに襲ってくる魔物に国全体が疲弊していた。

そこに、ある朝起きてきたヒカリがこんなことを言ったのだ。

『光の女神さまからお告げがありました！　魔物が怖がる石を使って、結界を作りなさいと！』

いわく、ヒカリの夢に光の女神が降臨したらしい。

女神は魔物が〝サリュー・クリスタル〟が苦手であること。そしてその石に光の魔法を込めることで、魔物の侵入を防ぐ結界石が作れることをヒカリに教えたのだと言う。

実際ヒカリに導かれるままサリュー・クリスタルを集め、そこにシアーラが光魔法を込めた石を置いたところ、本当にぴたりと魔物が襲い掛かってこなくなったのだ。

その一件でヒカリはクライヴや王宮のみならず、国中の人々の信頼を勝ち取った。

サリュー・クリスタルを見つけたことはもちろん、光の女神のお告げを聞けるのは歴代の光の聖女の中でも特に優秀な聖女のみ。いわば、女神に認められた特別な聖女であるという証明でもあったからだ。――そしてシアーラの夢に光の女神が降臨したことは、一度もない。

「そんなものがあるのか……!?　だとするとんでもない代物ではないか。結界の聖女がいなくても発動する結界だなんて」

シアーラが話すとクライヴは驚きに目を見開いた。シアーラもうなずく。

「幸い、作り方は覚えています。あとはサリュー・クリスタルを手に入れられれば結界石を作れるはず」

結界石があれば、そもそも災厄が起こらないかもしれない。

あのおびただしい数の死亡者も出ないのだ。

シアーラは目をつぶった。

(ヒカリは私に罪をなすりつけて処刑した。なら……)

それからまっすぐに顔を上げる。青い瞳がサファイアのようにきらりと光った。

(私はヒカリの方法を横取りしてでも、みんなの命を助けてみせる!)

シアーラの強い眼差しに、クライヴもうなずく。

「わかった。ならばサリュー・クリスタルとやらを手に入れることが最優先事項だな。それはどこにあるんだ?」

聞かれてシアーラは考えた。確か、サリュー・クリスタルの在処《ありか》もヒカリがお告げで聞いていたはずだ。

(あれはどこだったかしら……)

思い出して顔を上げる。シアーラは急いで机の引き出しを開けると、最近エディから届いた報告書を広げた。

報告書によれば、騎士団は今フレースヴェルグという山岳の村に行っているらしい。

そのフレースヴェルグこそ、古代語で《救い》を意味するサリュー・クリスタルが採れる場所だった。

シアーラは同行しなかったものの、当時のヒカリとクライヴがその地に出かけ、大量のサリュー・クリスタルを持って帰ってきた記憶がある。

「クライヴさま、フレースヴェルグです。あの地にある古い鉱山にクリスタルが眠っています」

「わかった。ならすぐに向かおう」

「はい！」

シアーラは立ち上がると、すぐに準備を始めた。

◆

「……馬車に乗るのですか？」

目の前に用意された大きな馬車を見ながら、シアーラが戸惑ったように言う。

シアーラは魔物討伐に出かける際は自らの神馬にまたがるため、今回もてっきりそれぞれの馬に乗っていくものだと思っていたのだが……。

「ああ、フレースヴェルグまではそれなりにかかるからな」

クライヴが言い、シアーラに手を差し出してくる。シアーラが乗り込むと、当然のような顔をしてそのまま彼も馬車に乗ってきた。

馬車はすぐに走り出し、パカパカ、ガタゴトという馬の蹄と車輪の回る音が聞こえてくる。

(…………気まずいわ)

出発から数刻ほど経った時、シアーラは馬車の中で困ったようにぎゅっと口をつぐんでいた。

さすが国王用だけあって、馬車はそれほど揺れもひどくなく、また騒音もかなり抑えられている。

だがその分、静まり返った空気がやけに気になるのだ。

困ったシアーラは、ちら、と顔を上げた。

目の前に座っているのは、小窓から外を眺めているクライヴ。

その横顔は完璧な線を描き、まるで絵画を見ているようだ。愁いを帯びたどこかけだるげな空気も、普段堂々としている彼の意外な一面を見たような気がしてどきりとさせられる。

それにシアーラの知る幼少期よりだいぶ顔が男らしく、凛々しくなってしまったが、それでも彼の強い眼差しだけはあの頃と変わらない。

久しぶりにじっくりと見るクライヴの顔に、シアーラの心臓がどきんと鳴る。

やがてハッとしたシアーラはあわててうつむいた。

(私ったらこんな時に何を……!)

シアーラたちは今、サリュー・クリスタルを得るという重要な任務のために出かけているのだ。

見惚れている場合ではない。

そう思っていたら、今度はクライヴから声がかかった。

「……どうした？　具合でも悪いのか？」

声に釣られて顔を上げれば、シアーラをまっすぐに見ている真紅の瞳と目が合う。

シアーラはまた逃げるようにサッと顔を逸らした。

「顔が赤い。本当に大丈夫かシアーラ」

「だ、大丈夫です……!!」

返事をしながらますます顔が赤くなる。

（とてもじゃないけれど言えないわ……！）

まさか同じ馬車内に座っているだけで、恥ずかしくなって顔が赤くなっている、だなんて。

（さっきまでは災厄という重要な案件があったからそっちに気を取られていたけれど、考えてみたらクライヴさまとこんな狭い空間でふたりきりになるなんて何年ぶりかしら……？）

結婚してからは、恐らく一度もない。

結婚式の時だって、屋根のない馬車に座ってはいたけれど、クライヴもシアーラもずっと国民たちに向かって手を振っていた。公務ですら、ふたりは別々の馬車だった。

さらにさかのぼっても、光の聖女候補として過ごしていた時は極力彼を避けてきたのだ。

（それこそ、もうクライヴさまと遊んではいけないと言われた七歳の時が最後だったのかもしれない……）

シアーラが思い出していると、じっとこちらを見つめたままだったクライヴが探るようにゆっくりと口を開いた。

「……シアーラ、君は言っていたね。幼い頃からずっと私のことを慕っていたと」

「えっ!?」

（い、今その話をするの……!?）

顔がさらに赤くなる。

けれどシアーラはぐっとこらえて平静を装うと、クライヴを見た。

「……はい。おっしゃる通りです」

「だとしたら、あの日から私を拒み始めたのもそれが理由なのか？」

あの日、という単語にシアーラの目が見開かれる。

詳しく説明してもらわなくても、シアーラには彼がなんのことを言っているのかわかった。

七歳の時、アッカー夫人に言われるがままクライヴとの付き合いを絶った、あの日。

「……覚えていらっしゃったのですね」

ぽつりと言葉がこぼれた。

シアーラの言葉に、クライヴが表情を暗くする。

「それはそうさ。私たちはとても仲がいいと思っていたのに、急にあんな風に拒絶され、それ以来まったく会ってもらえなくなったんだから。嫌われたと思うのが普通だ」

「嫌ってなんか！」

思わずシアーラは身を乗り出していた。

「それどころか逆です。私は何がなんでも光の聖女に——その、クライヴさまの花嫁になりたいと思ったからこそ、勉強に打ち込むと決心したんです！」

「そうなのか……？」

クライヴの瞳が驚きに見開かれる。シアーラは心底申し訳なさそうな顔をした。

「あの日は本当にごめんなさい。クライヴさまをすごく傷つけてしまいました……」

シアーラにとってはつらい日だったが、きっと一方的に連絡を絶たれたクライヴにとってもつらい日だったに違いない。だからこそ、今になっても彼は覚えているのだ。

ようやくそのことに気づいて、シアーラはずきんと心が痛む。

「私、クライヴさまと一緒にいると楽しくて、それ以外何も考えられなくなってしまうんです。でもそれじゃ光の聖女になれないと言われて……！」

「何も考えられなく？　私といるのがそんなに楽しかったのか……？」

「はい」

答えると、クライヴが戸惑った顔をした。それからパッと目を逸らされる。

(もしかして、楽しいと思っていたのは私だけだったのかしら)

「クライヴさまは楽しくなかったですか……？」

不安になってシアーラは尋ねた。心配そうに両眉を下げると、クライヴが普段の彼らしくない、消え入りそうな声でもごもごと答える。

「いや……私も……君と遊ぶのは楽しかった……」

「よかった！」

ほっとして、シアーラは微笑んだ。その拍子に、ふわりと花が咲くようなやわらかな笑顔がこぼれたことに、シアーラは気づかなかった。

「……っ！」

クライヴが一瞬息を呑む。

「シアーラ、私は――」

と、クライヴが何か言いかけたところで、ゴトンという音と振動とともに馬車が止まった。シアーラが顔を上げる。

「どうやら着いたようですね」

シアーラが小窓の外を覗けば、周囲は既に緑に包まれていた。

山岳地帯にあるフレースヴェルグの村は緑豊かで、そう遠くない場所には白い雪の冠をかぶった山々が見えている。

（ヒカリはここにクライヴさまを導き、サリュー・クリスタルを手に入れた）

シアーラたちが馬車から降りると、すぐに人々が集まって来た。

それはフレースヴェルグの村民たちと、魔物討伐のためひと足先にやってきていたエディたち騎士団の面々も含まれている。彼らの元気そうな姿に、シアーラは内心ほっとした。

「ごきげんよう、王妃様」

言葉は丁寧なのに、どこかぶっきらぼうな口調の挨拶が聞こえてきてシアーラは横を見た。

そこにはルイザが立っていた。

後ろには他の聖女たちも並んで、どこか浮足立った様子でシアーラのことを見ている。

「王妃様。怪我はもう平気なんですの？　またこんなところに戻って来たりして」

ルイザは挨拶もそこそこに、すぐさまシアーラにずいと詰め寄ってくる。

こんな風に話しかけられるとは思っていなかったシアーラは、驚きながらも肩を指さして見せた。

「大丈夫よ。元々そんなにひどい怪我ではないから」

「そう……ならいいんですのよ」

なんて言って、またぷいっとそっぽを向く。

（ど、どうしたのかしら……）

シアーラは同世代の少女たちとはほとんど関わってきたことがない。だからルイザが心配してくれているのか、それとも怒っているのか、判断がつかなかった。

そこに他の聖女たちがくすくす笑いながらやってくる。

「陛下、ルイザはあんな感じですがああ見えて心配しているんですよ。この前陛下が帰った後も、怪我させてしまったことをずぅーっとうじうじ気にしていたんですから」

「そ、そういうことは言わなくていいんですのよ！」

告げ口に、ルイザが顔を真っ赤にして抗議する。聖女たちがきゃあっと悲鳴を上げて、笑いながら逃げていった。

（なるほど……。あれは私を心配してくれている態度なのね？）

答えを教えてもらってほっとしていると、そんなシアーラを驚きの目で見る人物がいた。

クライヴだ。

気づいたシアーラが尋ねる。

「どうしましたか？」

「いや……君がそんな風に誰かと話しているのを初めて見たから……」

「ああ」

シアーラは微笑んだ。

「そうですね。私も、こんな風に話しかけてもらったのは初めてです」

今まではずっと嫌われて遠巻きにされていましたから――という言葉は飲み込む。

「でも、嬉しいものですね。誰かが心配してくれるというのは」

シアーラの言葉に、クライヴが気まずそうな顔をした。

「すまない、その……」

彼はきっと、シアーラのことを心配してこなかった自分のことを恥じているのだろう。

それを否定するように、シアーラはゆっくりと首を振った。

「クライヴさまを責めているわけではないんです。……自分でもようやくわかりましたから。以前の私は、本当に色んな人を傷つけてきたのだと。自業自得なんです」

(規律を守ることだけを考えて、肝心の〝人〟を見てこなかった……。嫌われても当然だわ)

そこまで反省してから、シアーラはパッと顔を上げた。

「でも、その分これからは頑張るつもりです。せっかくやり直す機会をいただけたんだもの。私はもう、後悔しない生き方をしたい」

それはどこか晴れ晴れとした顔だった。

シアーラの決意を聞いたクライヴが、釣られるようにふっと笑う。

「……そうだな。人は生きている限り、いくらだって変われるチャンスはあるんだ」

そう言った彼の瞳は優しかった。

シアーラが目を丸くする。

(クライヴさまが、私に微笑んでくださった……?)

――一体何年ぶりだろうか、クライヴがこんなに優しい笑顔を向けてくれるのは。

ヒカリや他の人に向けているのを見るたびに羨ましかった、シアーラが欲しいと願ってやまなかった彼の笑顔。

嬉しさに、ぎゅっと胸が締め付けられる。

そのまま涙までにじみ出てきた気配を感じて、シアーラはあわててまばたきをした。

「そ……それでは、急いでサリュー・クリスタルを探さないと！」

ヒカリが、ここフレースヴェルグでクリスタルを見つけたことは知っているが、その時に同行したのはクライヴであってシアーラではない。

当然今のクライヴは何も知らないため、ここからはサリュー・クリスタルの名称だけを頼りに探さなければいけないのだった。

そこに進み出て来たのはエディだ。

「実は……陛下たちが到着する前に皆で手分けして聞き込みをしたのですが、この村でサリュー・クリスタルを知っている者はおりませんでした」

「そうなのですか？」

はい、とエディがうなずく。

「昔、この村に光の女神が降臨したという伝承はあったものの、特にどこかに祀られているわけでもなく、またそれだけの石がとれるような鉱山も誰も聞いたことがないとのことです」

「なんてこと……」

「光の女神が降臨したという伝承も、比較的各地で話を聞くからな……」

ノルデン王国を守護するだけあって、光の女神の降臨は各地で知られている。大体どの村や町に行っても、掘ればひとつやふたつ何かしらの伝承が出てくるのが普通だった。

クライヴが眉間に皺を寄せる。

「とはいえ、このまま『はいそうですか』と帰るわけにもいかない。連絡した通り、討伐隊も明日からしばらく協力してくれ」

「はっ」

「私たちも何か手がかりがないか、周辺を見て回ろう」

「はい」

シアーラとクライヴは、村長や連れてきた専門家たちとともにフレースヴェルグの周辺を見て回った。何かそれらしい祠や洞窟でもあればと手分けして探したものの、夜になってもめぼしいものは見つからなかった。

「やはり闇雲に探し回ってもだめなのかもしれませんね……」

シアーラの顔が曇る。

ヒカリがクライヴとともに探しに行った時は、その日のうちにサリュー・クリスタルを見つけていたはずだ。やはり彼女は最初からお告げでどこにあるのか知っていたのだろう。

夜になって、今日の宿である村長の家についてからもシアーラはずっと考えていた。

（あまり悠長に探している時間はないのに、どうしたらいいのかしら……）

案内された部屋で、シアーラは手早く着替える。

魔物討伐の際には侍女などはついてこないため、ひとりで着替えるのに慣れているのだ。

服を脱ぎ、薄い下着姿となったところで突如、部屋の鍵がガチャリと開いた。

(えっ⁉)

咄嗟に体を抱きかかえ、誰か！　と声を上げそうになる。

だがすんでのところでシアーラはそれを止めた。なぜなら開いた扉の先でシアーラが見たのは、ドアノブに手をかけたまま硬直しているクライヴだったからだ。

「くっ、クライヴさま⁉」

「すまない‼」

シアーラに気づいたクライヴがあわててばたん！　と扉を閉める。

「ここが私の部屋だと言われて来たのだが、まさか君がいるとは……！」

くぐもった声が、扉の向こうから聞こえてきた。

(あ……そうよね、私たちは夫婦だから)

きっと村長は、夫婦なら同じ部屋でいいと思ったのだろう。けれどシアーラたちは白い結婚で、同じ寝室で寝たことはもちろん、手を繋いだことすらなかった。

「ごめんなさい、すぐに着替えて部屋を出ます！」

シアーラは急いで脱いだ服をまた着ようとした。けれどクライヴがきっぱりと断る。

「大丈夫だ、私は違う部屋で寝る。それより君はしっかりと部屋に鍵をかけておくように」

それだけ言うと、クライヴが立ち去る気配がした。

しばらくしてシアーラがそっと扉から外を覗くと、そこには誰の姿もなかった。彼は本当に行ってしまったのだ。

申し訳なく思いながらもシアーラはしっかりと鍵をかけ、そしてベッドに横になった。

(本当の夫婦なら、きっとなんの疑問も持たずに同じベッドに入っているのでしょうね……)

慣れ切って、忘れかけていた痛みがつきんと胸を刺す。それから急いで首を振る。

(駄目。そんなことを気にしている場合ではないわ！　今は一刻も早く、サリュー・クリスタルを見つけないと)

シアーラはぎゅっと子供のように体を丸めると、無理矢理にでも眠ろうとした。


——やがてそのかいがあって、シアーラはいつの間にか夢の中にいた。

すべてが真っ白な世界。

シアーラはひとりで立っていた。

少し離れたところには、まばゆい光を放つ何かがぷかりと浮かんでいる。

(なんて気持ちのよい、神聖な光……)

そこから、まるでひなたぼっこをしているような、あたたかくやわらかい光が漏れてくる。

シアーラが近くで見ようと、一歩近づいた時だった。

『――アーラ……シアーラ……わたくしの愛しい子よ……』

直接頭の中に語り掛けてくるような、静謐《せいひつ》で澄んだ女の人の声が聞こえたのだ。

（誰……？　お母さま……ではないわ）

シアーラが目を細める。けれどどんなによく見ようとしても、そこには光以外何も見えなかった。

『シアーラ、強く願いなさい。そうすればサリュー・クリスタルへの道が開かれるでしょう――』

サリュー・クリスタル。その単語にシアーラはハッと息を呑んだ。

『シアーラ、どうかあなたを守れなかったわたくしを許して……そして今度こそあなたは生き延びて……』

「もしかして、光の女神さまでいらっしゃるのですか……⁉」

サリュー・クリスタルの在処を知り、シアーラが非業の死を遂げたことを知る者は、女神以外にはいないはずだ。

「女神さま、もしかしてあなたなのですか……⁉　私を生き返らせてくれたのは！」

シアーラの問いに女神は答えない。

そのうち目の前に浮かぶ光がだんだん弱まっていくのを感じて、シアーラは急いで駆け寄った。

けれど走っても走っても、光にはたどり着けない。

「女神さま……どうしてなのですか。私を守れなかったって、一体……！　あなたがヒカリに加護を与えたのではないのですか……⁉」

視界が、だんだん暗くなっていく。

「教えてください、女神さま！」

――次の瞬間、シアーラは叫びながら目を覚ましていた。

はっはっと荒い呼吸を繰り返しながら、視線をさまよわせる。

見れば、カーテンの隙間から朝日が差し込んでいた。辺りは朝になっていたのだ。

夢を見ていたことに気づいて、シアーラがため息をつく。

（今のは夢……？　でも、それにしてははやけにはっきりとしていたわ。女神さまが現れて……）

そこまで考えて、シアーラは考え直す。

（……いえ、もしかしたら本当にお告げなのかもしれない）

前回、女神のお告げは異世界人であるヒカリに授けられたが、シアーラとて光の聖女なのだ。女神のお告げが聞こえたとしても不思議なことではない。

シアーラは急いで着替えると、ひとり部屋を出た。

まだ早朝らしく、朝早くから働き始める使用人たちを除いて他の人は起きていないようだった。

『シアーラ、強く願いなさい。そうすればサリュー・クリスタルへの道が開かれるでしょう――』

昇り始めたばかりの太陽が、空の一部を赤く染め上げている。ひんやりとした静謐な空気を胸いっぱいに吸い込みながら、シアーラは手を組んだ。

（女神さま、どうぞ私をサリュー・クリスタルにお導きください……！）

直後、それに応えるように、太陽が一瞬ちかりとまたたいた。そこからこぼれ落ちた流れ星のような光が、空に白い筋を描いて落ちていく。

シアーラは走り出した。

◆

(確かこの辺りに……)

木々が立ち並ぶ森の中を、シアーラはひとり探していた。

先ほど見た光は、この近くに落ちたはず。きょろきょろと見回していると、ふとある一点に目が留まった。

それは木々に囲まれ、切り立った崖にぽっかりと空いた洞窟の入り口だった。入り口はシアーラが立ったまま入れるほど大きい。

(洞窟……？　でも、昨日クライヴさまたちと探索した時にはこんなのはなかったような……)

これだけ近くにある、これだけ大きな洞窟を全員、見逃していたのだろうか。

不思議に思いながらも、シアーラは一歩踏み入れた。

——次の瞬間、シアーラは息を呑んだ。

洞窟の中は、神々しいまでの青白い光に満ちていた。

それを発しているのは、つららのような形をした巨大なクリスタル。数千年の時を経て形成されたクリスタルは、天からも地からも生え、それぞれが脈打つように光を発している。

幻想的な青色にシアーラはほうと息を漏らした。

「すごい……なんて綺麗なの……」

そっとクリスタルに触れながら、シアーラはこれがサリュー・クリスタルであることをひしひしと感じていた。今まで見てきたどのクリスタルとも違う、圧倒的な光。まるでクリスタルそのものが生きているようだ。

(これがあれば、結界石が作れるわ！)

シアーラは急いで村長の家へと引き返した。幸いクライヴたちも既に目覚めており、シアーラの話を聞いてすぐさまついてきた。

「――すごいな、こんな場所が？　昨日はなかった気がするのだが」

困惑したのはクライヴだけではない。同行した調査員も、それに村長までもが驚いている。

「いやはや……！　私は生まれてからずっとこの村に住んでいますが、こんな洞窟は初めて見ましたよ！　きっと村のみんなも同じはずです」

やはり、昨日まではこの洞窟はそもそも存在していなかったらしい。

「シアーラ、一体どうやってここを見つけたんだ？」

「光の女神さまが夢に現れ、私を導いたのです」

「なんと！　さすが光の聖女様ですなあ！」

村長が驚きと尊敬のこもった瞳でシアーラを見つめる。クライヴも言った。

「君の話を嘘だと思っていたわけではないが、まさかこれほどのものが存在していたとは……」

そう言ったクライヴは、驚きの表情でサリュー・クリスタルに触れている。

「無理もありません。私自身、まだ夢を見ているような気がしますから。それよりクライヴさま、早速これを城に持ち帰りましょう」

「そうだな」

シアーラたちはまだ村に滞在していたエディたちの手も借りながら、急いで採掘をし始めた。最低限必要な分が集まるとそれを馬車に乗せ、急ぎ城に引き返す。

城に戻ると、シアーラは早速記憶の中にある結界石を再現し始めた。

まず削り出した水晶を、彫金師たちがまあるい球の形に整える。整えた玉はシアーラの手のひらに乗るくらいの大きさで、それだけあれば小さな村ひとつを守るのに十分なはずだ。

王都ほど広い街を守るにはもっと巨大な結晶石が必要となるが、まずは王都から離れた村々を守るための石が優先だ。

準備を整えると、シアーラは出来上がった水晶に手をかざした。

そのまま魔力を放つと、まるで水晶が水を飲むように、シアーラの魔力がスゥウウッと吸収されていく。

青白く光る水晶の中に、シアーラの白き魔力が加わる。それは渦となって溶けて混ざり合って、そうしてできたきらきらと輝く小さな渦が、ずっと止まることなく動き続けているのだ。

さらにそのまま魔力を込め続けていると、やがて限界を迎えた水晶が一瞬まばゆい光を放つ。

――これで結界石の完成だった。

「なんて神聖な光なんだ……同時に、とても美しいな……」

そばでシアーラの作業を見ていたクライヴが、結界石を手に取りながらほう……とため息をつく。

「これが結界石なのか。確かにこの神聖な光には、魔物も近づけないだろう。まるで君の魔力を石にして固めたようだな……」

その言葉にシアーラは安堵したように微笑んだ。

「これもすべて女神さまが授けてくださったクリスタルのおかげです」

「いや、君の力だよ」

クライヴが言い切った。彼の力強く輝く赤い瞳が、まっすぐにシアーラを射貫く。

「白く、清く、穢れを跳ね返す美しさ。この石の光は君の放つ魔力とそっくりだ。きっとエディたちもそう言うだろう」

「そ……うでしょうか」

真剣な顔で褒められて、シアーラの顔が赤くなる。

(そういえばクライヴさまは、こういう風にまっすぐ人を褒めるお方だったわ)

手で赤くなった顔を隠しながら、シアーラは思い出していた。

幼き頃、クライヴは今と変わらない真剣な瞳でよくシアーラを褒めてくれていたことを。

『シアはとってもかわいいね！』

『シアのまほうはすごい。ずっとみていたいな』

『ぼくはシアのことがすきだよ』

（……!?）

幼いクライヴの言葉を思い出して、シアーラはさらに赤面した。

（すっかり忘れていたけれど……クライヴさまが私を好いてくれていた時期もあったのね）

そう考えると、過去の自分が少しだけ羨ましい。

考えて、シアーラはあわてて首を振った。

（いけない。どんどん欲張りになってきている。こうしてともに国のためにいられるだけでも嬉しいのに……気を引き締めないと）

きりっと姿勢を正すと、シアーラは次の結界石作りに取り掛かった。

◆

やがて数日かけて、災厄に備えて配る結界石のすべてが完成した。

「ふぅ……！」

ずらりと並ぶ光り輝く水晶を前に、シアーラが安堵の息をつく。

（災厄まであと半月ある！　今から各地に配れば、きっと災厄そのものを防げるはず……！）

「よくやったシアーラ。本当に頑張ったな」

そんなシアーラに優しく微笑みかけるのはクライヴだ。

その笑顔だけで、シアーラの胸がぎゅうと甘く締め付けられる。

「しかし……結界石を王家の手柄として発表してよかったのか？　今からでも遅くない、君の名で皆に知らせることもできるのだぞ」

今回シアーラたっての希望で、結界石を発見したのはクライヴということになっていた。

王家の古い文献からクライヴが結界石の記述を見つけ、シアーラはあくまでもそれに協力した、という体だ。

クライヴの問いかけにシアーラが首を振る。

「いいえ、いいんです。元々ヒカリとクライヴさまが見つけてきたもの。私は偶然知っていただけにすぎません。女神のお告げがあったと知ったら人々は何か起きるのではと不安になるでしょうし、クライヴさまの御名《みな》で贈られた方が、民たちもきっと安心するはずです」

自分の名より、賢王クライヴの名の方が人々は喜んで受け入れるだろう。

シアーラが辞退すると、クライヴはためらうように言った。

「なら……名誉がいらないというのであれば、何か欲しいものはないか？　これは私個人からのお礼でもある。何がいい？　欲しいものでもしたいことでも、君の望みはなんでも叶えよう」

「えっ……」

咄嗟《とっさ》のことにシアーラが固まる。

まさか、そんなことを言ってもらえるなんて。

(私の望み……)

今も昔も、シアーラの願いはずっと変わらない。

クライヴと良き夫婦になること。――誰にも聞こえない心の声の中ですら、愛してほしい、という言葉は出せなかった。

(……そんなこと言えないわ)

かつては『どうして私の寝室にいらしていただけないのですか』と詰め寄ったこともあるが、それは以前の話。

今のシアーラには、夫婦の営みが当たり前のことでも当然のことでもないと、もうわかっている。

「遠慮しなくてもいい。君はそれだけのことをしたんだ」

それは何を言っても許してもらえそうな、優しい微笑みだった。知らず、シアーラの胸が期待で高鳴る。

(もしかしたら、これくらいなら許されるかもしれない……)

「あ、の……」

震える声でシアーラは紡いだ。ほんの少し、ささやかな願いを。

「それなら、私のことを以前のように〝シア〟と呼んでもらえませんか……」

それがシアーラの導き出した願いだった。

まだクライヴとシアーラが仲の良かった頃。彼はシアーラのことを『シア』と呼んでいた。

――叶うのなら、もう一度あの甘い響きを。

蚊の鳴くようなシアーラの言葉にクライヴが大きく目を見開く。

「そんなことでいいのか？　ドレスでも宝石でも、もっと他のものでも、なんでもいいのだぞ？」

大丈夫です、とシアーラはうつむきながら答えた。

（どんな素敵なドレスよりも、どんなにまばゆい宝石よりも、クライヴさまに名前を呼んでほしい）

ぎゅっと手を握り、おそるおそる顔を上げるとクライヴはまだ驚いた顔のままだった。

かと思うと、彼がゆっくりと言葉を紡ぐ。

「……シア」

その響きに、シアーラの胸がどくんと鳴った。

よみがえる、かつての幸せだった甘い日々。

それだけでシアーラは嬉しかった。

無意識のうちにシアーラは微笑んだ。青い瞳は潤み、頬に差すのはかすかな赤み。

クライヴがハッと息を呑む。

かと思うと、彼の美しくもたくましい手がシアーラの手を掴んだ。今度は驚きにシアーラが目を丸くする。

「シア、私は――」

クライヴが真剣な表情で何かを言いかけた時だった。

「きゃっ！」

侍女の叫び声が聞こえたと同時に、ガチャン！　とけたたましい音がしたのだ。

振り返ると、結界石を運び出していた侍女が青ざめていた。その足元には、落ちて砕けてしまった結界石のかけらが広がっている。

「も、申し訳ございません!!」

血相を変えた侍女が必死に砕けた結界石をかき集めている。だがそんなことをしても、石はもう元には戻らない。

「申し訳ございません!!　申し訳ございません!!　おふたりに見惚れていたら……！　どうか私を罰してください!!」

必死に頭を床にこすりつける侍女に、シアーラが歩み寄る。

「大丈夫よ。これくらいの結界石ならまた作ればいいもの。そんなに気にしないで」

以前のシアーラだったらきっと、罰することはなくとも冷たい声で「注意散漫になっていますよ。気を引き締めなさい」と叱っていただろう。

けれど今のシアーラはそれぐらいで怒ることはなかった。

まわりで様子を見守っていた侍女たちも、シアーラの様子がいつもと違うことに気づいて目を丸くする。

「え……？　王妃様が微笑んでいらっしゃるの……？」

「しっ！　聞こえるわよ！」

ひそひそとささやく声が聞こえてもシアーラは気にしなかった。そのまま砕けた結界石に手を伸ばす。

「あっ、王妃陛下！　かけらに触れるとお怪我を……！」

「大丈夫よ。この大きいかけらはまだ何かに使えそうだから、私がもらっていくわね」

まだある程度の大きさの残るものを手に取りながら、シアーラは言った。

「あなたも怪我をしないように気を付けて。それからごめんなさい、私が丸い形にしてしまったから落としやすくなっているのね。別の形にすればよかったわ」

「い、いえっそんなことは！」

気遣うシアーラを、侍女たちは戸惑いの目で見ていた。

クライヴもまた、そんなシアーラをまぶしそうに目を細めて見ていたのだった。

◆

――やがて、〝メナーフの災厄〟の時。

シアーラは城にある塔のひとつから、朝日がゆっくりと空を茜色に染めながら昂っていくのを見つめていた。

(最初の災厄は、あの空の端から始まるはず)

魔物が最初に空を覆いつくしたのは、ノルデンの最南端にある辺境の地。

そして間を置かずに、あちこちで凄惨《せいさん》な戦いが始まるのだ。

もちろん、あらかじめ各地に騎士や聖女たちが待機している。シアーラも最前線に行きたかったが、災厄は王都にも訪れるため、ここを離れるわけにはいかなかった。

(お願い、どうか結界石が守ってくれますように……!)

シアーラが必死に祈っていると、後ろから人の気配がした。振り向くと、そこに立っていたのはクライヴだった。

「クライヴさま……」

「いよいよ、今日からだったな」

「はい」

「このまま何事もなく……騎士たちの出動が無駄に終わってほしいと、私は願っている」

「私もです」

ふたりは静かに並んで朝焼けの空を見た。

これからどうなるのか、答えは天だけが知っていた。


――それから一日経ち。

――二日経ち。

――三日経ち。


――そして一週間が経っても、魔物が現れたという報告はどこからも出てこなかった。

記憶の中の災厄では、この時期は誰もが血に塗《まみ》れながら必死に駆けずり回っていたはずだ。

シアーラはぼろぼろのまま王都を駆け回り、不眠不休で魔物の討伐に。クライヴはクライヴでやはりぼろぼろのまま、剣を持って国中を駆け回っていた。

ふたりはそれぞれの場所でそれぞれのやり方で国を守り、そしてようやく落ち着いた頃に見たのが、おびただしい数の死傷者だったのだ。

(光の聖女なのに、みんなを守れなかった……！)

悔し涙にむせび泣いた日を、シアーラは忘れない。

けれど今目の前に広がるのは、いつもと変わらぬ青い空に、のびのびと空を舞う白い鳥。

その様子を、シアーラはクライヴとともに塔から見つめていた。

「……もしかしてこれは、災厄が過ぎ去った、いや、結界石の力で防げたということではないのか？」

クライヴの問いかけにシアーラがうなずく。

「恐らく、そうだと思います。……はためには何も起こっていないように見えますが」

シアーラの作った結界石が効果を発揮していることは、各地の報告でふたりは知っていた。

結界石が祀られるようになった村から魔物の出現がぐんと減り、暇を持て余したルイザが、

「最近暇すぎますわ！　このままでは太ってしまうんですけれども!?」

と大声で騒いで、聖女たちに笑われていたという話も聞いている。

「そうか……。こうして民たちがいつも通りの生活を送り、いつも通り布団に入っている間に、魔物が密かに追い払われていたのだな……」

静かな平和。

きっとシアーラたち以外は知らないのだろう。

同じ世界で起こったあんな凄惨な事件が、何ひとつ起こらなかったことを。

燃え盛る家屋はなく、血塗れの体を引きずって歩く人の姿もない。

何より、かけがえのない家族を失って泣き崩れる人々の涙を見なくてすむのだ。

(災厄は起きなかった。誰も私たちの奔走《ほんそう》を知らない。でも……それでいいのよ)

シアーラはほう……と安堵のため息をついた。それからクライヴの方を見る。

「クライヴさま」

「ん？」

「私を信じてくださって、ありがとうございます」

言いながら深く頭を下げる。それは心からのお礼だった。

クライヴにとって、シアーラの話はすべて眉唾ものだっただろう。

一度死んだ人間がふたたびこの世に戻って来たという話もそうだし、まだ見ぬ災厄の話もそうだ。

けれどクライヴはシアーラを疑わず、信じてくれたからこそ、今こうしてふたりで平和な空を見ていられるのだ。

「当然のことをしたまでだ。以前も言っただろう。私は君が……」

そこまで言って、クライヴはどこか気恥ずかしそうにこほんと言い直す。

「私はシアが言ったからこそ、信じたんだ。君以外の人間が言っていたら信じていたかわからない。そういう意味では君自身のおかげなんだ」

「クライヴさま……」

優しい瞳に、シアーラが瞳を潤ませる。クライヴが続けた。

「……知っているか。最近、王宮内では君のことが話題になっている」

「私が、ですか」

クライヴに言われて、シアーラがドキリとする。

過去には散々悪口を言われてきた。今回は一体どんな悪口を――とシアーラが警戒したところで、クライヴが穏やかな顔で言った。

「皆、シアが以前より優しくなったと口々に言っている。この間は大臣も『最近の王妃陛下はとてもやわらかく、話しやすくなりましたね』と話していたんだ」

「そう……なのですか」

「シア。君は変わった。もちろんいい方向にだ。私はそれを嬉しく思っている」

褒められて、シアーラは頬を赤らめた。

城に帰ってきてからもずっと、シアーラは変わろうと努力していた。

クライヴを見習って優しさと寛容さを身に付け、そしてヒカリのことを見習って、いつも笑顔でいるようにした。

そうしたところ――今度は少しずつシアーラのまわりが変わってきたのだ。

衛兵たちはシアーラを見かけると笑顔で挨拶をしてくれるようになり、侍女たちも世話をする際に積極的に気を利かせてくれるようになった。

さらにシアーラがそのことに感動してお礼を言うと、彼らはますます笑顔になってくれる。

それは誰もがシアーラのことを冷たい瞳で値踏みし、裏で批判していた頃とはまったく違っていた。

今のシアーラを包み込むのは王宮の冷えた空気ではなく、穏やかで優しい空気だ。

「……私もとても嬉しいんです。こんな風に、優しい世界が私のもとにやってくるなんて思ってもいませんでした」

優しくあたたかい世界は、ヒカリのもの。

自分には手の届かないもの。

ずっとそう思っていたけれど、現実はそうではなかった。

微笑むシアーラにクライヴが言う。

「……私も長年すまなかった。もっと早く君と話し合っていれば——」

「いいえ、クライヴさまのせいではありません」

謝ろうとするクライヴをシアーラはそっと止めた。

「きっとクライヴさまがどんなに話そうとしても、前の私では喧嘩になっていただけだと思います」

それは過去何度も繰り返されてきたこと。クライヴがどんなに歩み寄ろうとしても、肝心のシアーラが変わらなければ話はきっと平行線のままだろう。

「だから気にしないでくださいませ。……あ」

それからシアーラはとあることを思い出して、いそいそと服の中からとある物を出した。

「クライヴさま、よろしければこれをもらってくれませんか」

そう言って差し出したのは、先端に細長い四角錐のトップがついたネックレスだ。

「これは……」

受け取ったクライヴがまじまじと見つめる。

そこに輝いていたのは結界石と同じ、白く神聖な光を内に秘めた石。

「この前侍女が落とした結界石がまだ使えそうだったので、ネックレスにしてもらったんです。魔除けの効果があるので、ぜひクライヴさまにつけてもらえたら、と」

「……ありがとう。大事にする」

微笑んで、クライヴはすぐさまネックレスを首につけた。

そのネックレスはきっと、普段はクライヴの服や鎧に隠れて見えないだろう。けれど彼が肌身離さずつけていると考えるだけでシアーラは嬉しかった。

それからおず、とクライヴのことを見る。

「あの……実はそれ……」

(どうしよう。このことはクライヴさまにお伝えした方がいいわよね……？　ああでも、嫌がられるかしら。でも黙っていたら黙っていたで、もっと気持ち悪いわよね……？)

そんな考えがぐるぐると頭の中を走って、シアーラはすぐには切り出せなかった。

クライヴが不思議そうな顔になる。

「どうした？」

「いえ、あの……」

シアーラは決意すると、青ざめたままぐっと息を吸い込んだ。

「ごめんなさい、実はそれ、私のものとお揃いなんです」

言って、胸元からちゃり……と鎖を引き出す。

それはクライヴとまったく同じ形をしたネックレスだった。

「もうひとつ作れそうだったので思わず作ってしまって……でもあの、ごめんなさい。よく考えたら気持ちが悪いかも……」

話しているうちに、どんどん顔が赤くなる。シアーラはぎゅっとネックレスを握った。

「ごめんなさい、やっぱりこっちは捨てます」

「いや、大丈夫だシア！」

言って首から引きちぎろうとしたシアーラの手を、クライヴがあわてて摑む。

「あ……」

次の瞬間、すぐ目の前にクライヴの顔があった。

驚きに見開かれる、赤い瞳。

そこに自分の姿が映っているのを見て、シアーラはあわてて後ずさった。

「ごめんなさい！」

「すまない！」

ほぼ同時にふたりは謝った。

シアーラがバクバクと鳴る心臓を押さえている前では、クライヴも額を押さえている。

やがて彼はごほんと咳払いしたかと思うと、顔を上げて言った。……その頬にはまだ赤みが残っている。

「それは貴重なものだ、捨てなくていい。それに私たちはとうにお揃いのものをつけているだろう」

「お揃いのもの……？」

首をかしげるシアーラの左手を、近づいてきたクライヴがぐいっと持ち上げる。

「ほら」

彼の視線の先にあったのは、シアーラの左手薬指にはめられた指輪だ。そこには石も何もついていないが、白金がシンプルでありながら上品な艶を放っている。

そしてクライヴが左手をかかげると、そこには大きさは違うものの、まったく同じ指輪が彼の薬指にもついていた。

この国の王族は、結婚すると互いに同じ指輪をつける伝統があったのだ。

「だから気にしなくていい。……私たちは夫婦なのだから」

夫婦。

その言葉にシアーラが大きく目を見開く。

「――はい」

胸にあたたかく幸せな気持ちが広がっていくのを感じながら、シアーラは嬉しそうに微笑んだ。

第三章 〃ヒカリ〃

Chapter 3

さらにそれから数日が過ぎた頃――。

突然強い光とともに、大神殿の泉に神秘的な少女が現れたという知らせが王宮内を駆け巡った。

（ヒカリだわ！）

話を聞いた瞬間、シアーラは立ち上がった。すぐさまクライヴの執務室に向かうと、彼もちょうど出て来たところだった。

ふたりは真剣な表情で顔を見合わせる。

「シア。もしかして」

「はい！　きっとヒカリです」

シアーラの答えに、クライヴがやはり、という顔になる。

「本当に彼女は来たんだな」

「ええ。ですが……どうしてでしょう。予定よりずっと早いのです……！」

前回の記憶では、メナーフの災厄から二ヵ月後に彼女はやってきていたはず。

だというのに、今はまだ一ヵ月も経っていない。

(やっぱり、歴史が少しずつ変わってきている。特に〝メナーフの災厄〟で、大きく歴史を変えてしまったから)

歴史を変える。

その言葉の重みにぎゅっと手を握りつつも、シアーラは顔を上げた。

目の前ではクライヴが、シアーラを待ってくれている。

「行こう、シア」

「はい！」

(……大丈夫。私は変わったわ。それに、クライヴさまもいる)

前回のように、シアーラを一瞥することもなく駆けていったクライヴは、もういない。

(また彼女の策略に嵌《はま》ったりは——しない！)

シアーラはクライヴとともに、大神殿へと向かって走っていった。


泉にいたのは、シアーラの記憶通りの少女だった。

さらさらとなびく、短い亜麻色の髪。軽やかな素材でできた不思議な形の服。そこからすらりと伸びた脚はしなやかで細く、そばにいた神官たちがごくりと唾を呑んでいる。

「あの……？　あなたたちは……？」

上目づかいでこちらを見る大きな瞳に、困ったように下げられた眉。庇護欲《ひごよく》をそそる姿は記憶の中のヒカリとまったく一緒だった。

皆が見つめる中、クライヴが一歩進み出た。その眼差しはじっとヒカリに向けられている。

「……君の名前は」

「わたし、光といいます」

〝ヒカリ〟

その名にシアーラは目をつぶった。

戻って来てからずっと覚悟していたとはいえ、いざこうしてヒカリ本人を目の前にするとやはり胸がざわざわとする。

ヒカリが最後に見せた、嘲《あざけ》るような表情。それは今も脳裏に焼き付いて離れない。

目の前ではクライヴが、前回と同じ言葉を口にしていた。

「……安心してほしい。異世界人である君の身柄はこの国で保護される」

「異世界人……？」

彼女は戸惑いつつも、クライヴに案内されるまま神殿の中へと入っていく。

その姿は本当に可憐で、守ってあげねばと思うほど弱々しい。シアーラだってあんなことがなかったら、ヒカリが裏の顔を持っていることなど決して気づかなかっただろう。

今ですら信じられないくらいなのだ。

（いいえ、油断しては駄目。そのせいで私は死んだんだもの）

その無垢な姿に混乱しそうになって、シアーラはあわてて首を振った。

（ヒカリから、片時も目を離さないようにしなければ。もし本当にヒカリが以前のヒカリのままなら、きっとどこかに違和感は出るはずよ）

気を引き締め直すと、シアーラはクライヴたちの後についていった。


シアーラはそれから、ことあるごとにヒカリのそばにいるようにした。

前回同様、シアーラがヒカリの教育係になったこともあり、元々ふたりの距離は近い。

今回もヒカリはどんな時でも明るく素直に見えた。

一瞬、以前とまったく同じ道を歩んでいるように感じて、シアーラの背筋がぶるりと震える。

けれど以前とは決定的に違うことがひとつだけある。

シアーラだ。

（もう、ヒカリの思うまま利用されたりなんかしない。私は絶対、生き延びてみせるわ）

シアーラは変わった。

王宮の人たちに優しくなり、笑顔で接するようになった。社交界にも出かけるようになり、貴婦人たちとも積極的に関わるようになった。

そのおかげで、今シアーラのことを悪く言う人はほとんどいない。

シアーラが笑顔を向ければ、皆笑顔で返してくれるようになったのだ。

「王妃陛下、ヒカリさま、ごきげんよう！」

「陛下、先ほど大臣が呼んでおられましたよ！」

「王妃陛下！　今日のバスタイムにはバラとジャスミン、どちらのオイルにされますか？」

侍女に声をかけられ、シアーラは微笑んだ。

「ならジャスミンでお願い。余った分はみんなでわけてちょうだい」

きゃあ！　と侍女たちから歓声が上がる。

それを微笑ましく思いながらシアーラが歩いていると、後ろをついてきていたヒカリが少し戸惑ったように言った。

「……シアーラさまって、とっても人気者なんですね？」

「皆が優しいだけで、私が人気者なわけではないわ。クライヴさまの足元にも及びません」

「へえ……」

その表情からは何を考えているのか読み取れない。ヒカリがにこりと微笑む。

「そういえばクライヴさまとも、とっても仲良しですよね？」

「……そうですね。前よりはずっと、いいと思います」

言いながらも、まだ少し照れてしまう。

自分でお願いしておきながら、彼から「シア」と呼ばれるたびに赤面してしまう癖も、まだ治っていなかった。

とそこへ、まるで見計らったかのようなタイミングでクライヴが現れる。

「シア」

名前を呼ばれ、やっぱりシアーラは赤面した。

「それからヒカリも。……どうだ、教育は順調か」

聞かれてシアーラは正直に答えた。

「ヒカリさまは大変聡明で、物覚えが早くてとても助かっています」

「そうか……。シア、今少し時間をもらえないか。話したいことがある」

その瞳が一瞬意味ありげに光ったのを見て、シアーラはすぐに察した。

「ヒカリさま、先にお部屋に戻っていてください。クライヴさまと話してきます」

「はい、待ってますね！」

ヒカリは邪気のない笑顔でにこりと微笑むと、後ろをついてきていた侍女たちと楽しげに話しながら部屋に戻っていった。ヒカリと話している侍女たちの顔は、仕事とは思えないほど楽しそうだ。

前回同様、ヒカリは早くもこの国での味方を着々と増やしているようだった。

「それでは行こうか」

「はい」

ふたりが執務室に着くと、クライヴは人払いをしてから部屋の扉を閉めた。その際にカチッと鍵も閉めている。

「……それで、ヒカリのことだが」

（やっぱり）

なんとなくシアーラも、その話が出る気がしていた。

「君の予言通り、彼女が現れた。そして君の言う通り、彼女は一見すると害のある人物には見えない。だが彼女はこの後私に毒を盛り、君にその罪をなすりつけるのだな」

「はい」

シアーラはためらわずに、きっぱりとうなずいた。

「そうか……」

クライヴは考えているようだった。

（クライヴさまは公平な方だもの。きっと悩んでいらっしゃるんだわ）

彼は、シアーラが嘘を言っているとは思っていないだろう。

けれど同時に、ヒカリが本当にシアーラの言う通りの悪人なのかどうかまだ測りかねているはず。

彼はどちらか一方の話だけを鵜呑《うの》みにして行動するような人ではないからだ。

（クライヴさまならきっと、最後はご自身でヒカリを見極めようとするはず）

シアーラが伝えべきことは伝えた。

これ以上シアーラにできることは、ヒカリの動向を探り、クライヴに毒を盛らせないこと。そしてヒカリと繋がっている侍女を見つけることだ。

「わかった。なら引き続き彼女のことを注意深く観察していこう。異世界人、そして癒し手の登場に国も沸き立っているから、慎重にことを進めなければ」

クライヴの言葉にシアーラがうなずく。

この国にやってきたヒカリは前回同様、すぐにその才覚を現していた。

ある日鍛錬に励む騎士たちの前を通りがかった時に、ひとりの騎士が腕を斬ってしまう。心配したヒカリが駆け寄って手をかざすと、騎士の傷がたちまち癒えてしまったのだ。

ここまでは、前回とまったく同じ流れだった。

「傷が……治った⁉」

「光の癒し手だ！」

「光の癒し手が現れたぞ！」

と騎士たちが騒ぐ中で、ヒカリは「えっ。癒し手ってなんのこと？」と可愛らしく瞳を潤ませる。

その後ヒカリの力は国中に知れ渡るのだが——唯一前回と違うのは、今回は災厄で傷ついた民たちが王宮に押し寄せなかったことだ。

なぜなら災厄は、訪れなかったから。

◆

「……ねぇシアーラさま。この国って、とっても平和なんですね？」

その日ふたりが勉強の休憩にお茶を飲んでいると、ヒカリがシアーラににっこりと微笑んだ。

ヒカリの勉強部屋に差し込む日光はやわらかくあたたかく、そこには魔物の魔の字もない。もちろん、ノルデン王国全体が同じ空気に包まれていた。

「そう……ですね。とても平和だと思います」

シアーラはお茶を濁した。

本来なら、今頃ヒカリは治療に走り回っていたはず。

そして民から感謝と尊敬を集め、クライヴの視線を独占していたはず。

けれど現実はここでシアーラと静かに勉強をしているだけだ。

にこにこと微笑んでいるヒカリが一体何を考えているのか、シアーラには読めなかった。

（といっても……ヒカリには前回の記憶はなさそうね……？）

考えながらちらちらとヒカリを盗み見る。

ヒカリは前回同様、シアーラになんでも聞きたがった。この国のことはもちろん、王宮のこと、クライヴのこと、そしてシアーラのことも事細かく聞いてきた。

もしヒカリにもシアーラ同様前回の記憶があるのなら、同じ話を聞くのは二度目になる。記憶力のいい彼女が、わざわざどうでもいいことまで二回も聞いてくるとは思えなかった。

（といっても油断しないようにしないと。何を考えているのかわからないもの）

ヒカリに余計な情報を与えないよう、発言は最低限に。

シアーラがそう思ってそっとお茶を飲んだ時だった。

最近すっかりおしゃべりになった侍女たちのうちのひとりが、嬉々としてヒカリに言ったのだ。

「そんなことありませんよ！　ノルデンは少し前まで魔物がたくさん出没して大変だったんです！」

シアーラの眉間にぐっと皺が寄る。

「えっ？　そうなんですか？」

侍女の言葉に、ヒカリの目がきらりと光った。

シアーラはなんとかお茶を飲み込んで、何事もなかったように装う。

「そういえばそうでしたね。最近平和だったので、私としたことが忘れていました」

「何をおっしゃるんです！　国が平和になったのも、王妃陛下のおかげですよ！」

「そうですよ！」

ニコニコと、侍女たちがまったく悪気なく、むしろよかれと思ってシアーラを褒めてくれる。

シアーラはそれを内心冷や汗を流しながら聞いていた。

（お願い……！　あんまり言わないで……！）

と彼女たちに言えるはずもなく。

「へぇえ。そうなんですか？」

興味を引かれたらしいヒカリがどんどん身を乗り出してくる。

（やめて、それ以上深堀りしないで……！）

けれど、興味津々のヒカリに、侍女たちがここぞとばかりに語り出した。前回もそうだったが、ヒカリは色々な事柄を人から聞き出すのがとにかく上手なのだ。

屈託のない笑顔で「教えてください」と言われると、大体どんな人も彼女に心を開いてなんでも話してしまう。ある種の才能だった。

「一時期魔物がたくさん出現して大変だったのですが、王妃陛下が結界石をこの国中に配ってくださってから、ぴたりと出現が止まったんですよね！　ねっ王妃陛下！」

「結界石」

その単語に、ヒカリが笑顔のままぴたりと止まった。

その瞳が——目の奥が全然笑っていないことに気づいて、シアーラは背筋がひやりとした。

誤魔化すように急いで付け加える。

「お——大袈裟ですよ。私は結界石を作っただけ。王家の古い文献から結界石を見つけたのも、国に配ったのも、クライヴさまでしょう？」

「あっそうでした」

侍女がぺろっと舌を出しながら肩をすくめる。

「でも結界石を作っただけでもすごいですよぉ！　そのおかげで国は平和なんですから」

シアーラがやいのやいのと囲まれる横で、ヒカリは意味ありげに微笑んでいた。

「ふぅん……クライヴさまが……だからもうあるんだ」

ぽそっと呟かれたその小さな声を、シアーラは聞き逃さなかった。

（もう？　ヒカリは今『もう』と言ったの……？）

それだとまるで、ヒカリが既に結界石を知っているようではないか。

（でもヒカリが結界石のことを知ったのは、光の女神さまのお告げがあったからでしょう？）

前回と同じなら、ヒカリが結界石のことを知るのはやってきてから数ヵ月経ってからのはず。今はまだ数ヵ月どころか、一ヵ月も経っていない。

それにもしお告げの時期が早まったとしても、ヒカリなら見たその日に教えてくれるはずだ。

（二回目だと気づいているわけではなさそうなのに、どうして知っているの……!?）

不安になってシアーラがヒカリをじっと見つめると、ヒカリは「どうしたんですかあ？」とにこりと微笑み返してくる。

そこに先ほど感じた不気味さや不自然さはなく無垢そのもので、シアーラを特別警戒している様子もない。

（これは演技？　それとも本気なの……!?）

判断がつかなくて、シアーラはあいまいに微笑むことしかできなかった。

そんなシアーラには構わず、ヒカリが侍女たちに言う。

「平和なのはとってもいいことですね！　だって魔物って、とっても怖いんでしょう……？」

不安そうな顔になるヒカリを、侍女たちが励ます。

「大丈夫ですよ！　魔物は怖いですが今は結界石がありますし、なんといっても王妃陛下もいますから！」

「そうですよー！　王妃陛下はこの国で一番力のある、〝光の聖女〟なんですから！」

「そうなんですか？　すごい！」

侍女たちの話に、感動した様子のヒカリがぱちんと手を合わせる。その頬は紅潮し、瞳はきらきらと輝いている。

この表情が演技だなんて、シアーラが言ってもきっと誰も信じないだろう。シアーラですら信じられないのだ。

前回似たような会話をした時、侍女たちは笑顔ではなかったがヒカリはまったく同じ笑顔だった。

それがかえって、シアーラには恐ろしく感じる。彼女はどんな時でも、完璧な笑顔を作り出せることに気づいたからだった。

◆

その日シアーラは、ヒカリのために用意された勉強部屋で彼女を待っていた。

（ヒカリが何をしてくるのか、読めないわ……）

前回の記憶は、恐らく彼女にはない。けれどこのまま何もしてこないとは思えない。

前回は勉強の時以外はヒカリに近寄らないようにしていたが、今回は違う。シアーラは注意深くヒカリを観察し、そしてべったりと言われるほどどこにでも同行していた。

とはいえヒカリの方には大きな変化はなかった。

前回同様に愛嬌を振りまき、着々と〝光の癒し手〟信者を増やしていく。そして大臣のひとりの難病を治し、彼からいたく気に入られた点も変わらない。

（早く内通している人物を見つけなければ）

クライヴにはもう毒薬のことを忠告してある。

そのため、彼はいつどんな時でもそばに毒見役をはべらせ、シアーラとともに食事をする時ですら必ず毒見をさせる徹底ぶりだった。だから彼が毒に倒れることはないはずだ。

それに今回は、以前のようにシアーラは王宮の人たちから嫌われていない。むしろ好かれてさえいる。

（仮に何か起きたとしても、前回ほど迅速には処刑されない……と思いたいわ）

考えてシアーラがぶるりと震える。

ヒカリは異世界人であり光の癒し手。

こちらから積極的に動けないのがもどかしいが、今は待つしかなかった。

「……そういえば、今日は遅いわ」

約束の時間になったにもかかわらず、ヒカリが姿を現していないことに気づいてシアーラははたと顔を上げた。そばに控えていた侍女も首をかしげる。

「そういえばそうですね。様子を見てきましょうか？」

そこまで話したところで、廊下からぱたぱたと足音が聞こえた。続いて入って来たのはヒカリ――ではなく、ヒカリ付きの侍女だ。

「大変申し訳ありません王妃陛下。ヒカリさまが体調を崩してしまったようで、本日のお勉強はお休みさせていただけないでしょうかとのことです」

「まあ」

シアーラは眉をひそめた。

（またなの？　……最近多い気がする）

――ここのところ、ヒカリは度々体調を崩してはシアーラの授業を休んでいた。

（前回はこんなことなかったのに……）

前回のヒカリはいつどんな時だって明るく元気で、病気には一度もなったことがない。

違和感を覚えて、シアーラは立ち上がった。

「大丈夫よ、ゆっくり休んで。……でも心配だから、今からお見舞いに行ってもいいかしら？」

「あっはい！　大丈夫だと思います！」

シアーラはすぐにヒカリ付き侍女の後ろについていった。

なんてことないように、さりげなく尋ねてみる。

「ヒカリさまの容態はそんなに悪いのかしら？」

「ヒカリさま本人はただの風邪だと言っています。宮廷医師も、疲れが出たのだろうとおっしゃっていました」

「そう……」

疲れという言葉についても違和感があった。前回ならいざ知らず、今回はシアーラもヒカリに詰め込みすぎないようきちんと配慮しているのだ。

「お体はいかがですか、ヒカリさま」

やがてたどり着いた部屋の中で、ヒカリはくったりとした様子で横になっていた。

シアーラがやってきたのを見て、健気《けなげ》な様子で起き上がる。

「シアーラさまごめんなさい……実はわたし、元々あまり体が強くなくってっ……」

その顔は弱々しく、目には涙が浮かんでいる。

肌艶は……シアーラの目には特に違いはないように見えるが、ヒカリ本人はぐったりとした様子で背もたれにもたれかかっている。

「大丈夫です。健康が一番ですから、しばらくゆっくり休んでください」

「はい……！　ありがとうございます……！」

そう言って目を潤ませる姿は可憐で、周囲で見守っている侍女たちも心配そうに目を潤ませていた。シアーラは退出しながら考える。

（私が気づいていなかっただけで、本当は体が弱かったの……？）

前回のシアーラは、あまりヒカリのことを知りたがらなかった。

明るく誰にでも好かれる彼女の姿はまぶしく、見ているのがつらかったのだ。

王宮のみんなに好かれ、国民にも好かれ、そしていつもクライヴと並び立って歩くヒカリを、まったく妬《ねた》んだことがないと言えば嘘になる。

だから妬む代わりに、シアーラはヒカリから距離を取って自分の心を守ろうとした。

（だとしたら……少しだけ気の毒なことをしたのかもしれない）

本当は病弱な体を引きずって、みんなの前では笑顔でふるまっているのだとしたら。きっとまわりの人たちは、その健気さに心を打たれるのだろう。

（……いくら前回彼女が私を嵌めたとしても、今回はまだ何もされていないもの。お見舞いも持っていかなかったのは、少し冷たかったかしら）

悩んで、シアーラは厨房へと向かった。

料理人に病人でも食べられるオレンジゼリーを作ってもらうと、シアーラはみずからそれをヒカリの部屋に持っていった。

部屋の前に待機している侍女を見つけ、笑顔で話しかける。

「こんにちは。これをヒカリさまに食べていただきたいのだけれど、彼女は起きているかしら？」

ところが侍女はシアーラを見た途端、あわてた顔になった。

「あっ、い、いえ。ヒカリさまは今寝ておられるので、私が届けますのでご心配なく！」

なんて言って、焦った様子でゼリーの載ったお盆を奪い取ろうとする。

（なんだか様子が変ね？）

気づいたシアーラがその手を止めた。

「いいえ。自分で渡すわ。扉を開けてくれる？」

一歩進み出ると、シアーラを止めるように侍女が飛び出してくる。

「ひ、ヒカリさまは就寝しておられますので！　どうぞまた後ほどいらしてください！」

その顔はあわてふためき、どこからどう見てもおかしい。

シアーラはきゅっと口元を引き締めると、以前のような厳しく冷たい口調で言った。

「……これは命令です。扉を開けなさい。それとも私の言うことが聞けませんか？」

「は……は、い……」

うなだれた侍女が、諦めたようにとぼとぼと扉を開ける。

その先でシアーラが見たのは——空っぽになったベッドだった。

部屋に入ったシアーラが、きょろきょろと中を見回す。部屋の中にヒカリの姿はないようだ。

「ヒカリさまはどこに？」

シアーラが聞くと、侍女がおどおどしながら言った。

「その、ヒカリさまは勉強に疲れてしまわれたので、少しだけ外を散歩してくると……！　あ、あの、王妃陛下！　どうかヒカリさまを叱らないであげてください！　彼女も突然異世界に連れてこられ、家族と引き離されたかわいそうなお人なんです！」

床に頭をこすりつけんばかりの勢いで侍女が謝る。シアーラは目を丸くした。

（驚いた……。ここまでヒカリに心酔しているなんて）

もしかしたら、クライヴに毒を盛った一件に、この侍女が深く関わっているかもしれない。悪い人物ではなさそうだが、この侍女に監視をつけた方がいいかもしれないとシアーラは思った。

（とはいえ私だってまったく見抜けなかったもの。騙されてもしょうがないわ……）

シアーラは悲し気にふっと微笑むと、必死に頭を下げる侍女に向かって言った。

「あなたの名前は？」

「ト……トレイシーです……」

「そう、トレイシー。教えてくれてありがとう。大丈夫、私は怒ったりしないわ」

「本当ですか……？」

おそるおそるといった様子でトレイシーがこちらの顔色をうかがう。シアーラは優しく微笑んだ。

「ええ。あなたの言う通り、きっとヒカリさまも疲れているのでしょう。彼女は普段よく勉強を頑張っているし、私も見なかったふりをします」

シアーラが本当に許すつもりなのを悟ったのだろう。トレイシーがほっと息をつく。

「だからあなたも、私がこのことを知っているのは内緒にしてくださる？　ヒカリさまが気にするといけないから」

「はいっ！　もちろんです！」

元気を取り戻したトレイシーに、シアーラはそっとゼリーの載ったお盆を渡した。

「これも、あなたが受け取ったことにしてね。……そうそう、ヒカリさまが部屋を抜け出したのは、多分これが初めてではないのよね？」

内緒話をするようにこそっと聞くと、トレイシーはためらった後にこくりとうなずいた。

「実はその……はい」

「わかったわ。教えてくれてありがとう。でもさっきも言った通り、私は見てみぬふりをするつもりよ。だから安心して。それでは今日はもう行くわね」

シアーラは微笑むと、その場から立ち去った。

そして――すぐにヒカリを探しに出かけた。

表面上には穏やかな笑みを浮かべたまま、けれど早足でカツカツと王宮の廊下を歩く。

（本当にただの散歩なのかしら……？　こんなに何度も、一体何をしに……？）

それからハッとする。

（まさか……クライヴさまに会いに？）

シアーラはすぐさま執務室に向かった。

ヒカリがクライヴを篭絡《ろうらく》するため、密かに会いに行っているのではないかと思ったのだ。

実際今回も、ヒカリは気づくとクライヴと行動をともにしていることがよくあった。

並ぶふたりの姿を見るたびに、シアーラの胸がずきりと痛む。

だが今回は逃げないと決めたのだ。

（これはただの嫉妬かもしれない。でもなんと言われたっていい。私はクライヴさまと、そして自分の心を守ると決めたんだもの）

けれどヒカリはクライヴのところにはいなかったらしい。

なぜなら彼の執務室にたどり着く前に、張本人であるクライヴが側近たちとともに前から歩いてきたからだ。

「シア」

シアーラを見つけたクライヴが、親しげな笑みを浮かべる。それにも一瞬シアーラはどきりとしてしまって、あわてて表情を引き締めた。

「ごきげんよう、クライヴさま」

「どうしたんだ、何か用か？」

「いえ……実はもしかして、ヒカリさまがクライヴさまといるのかと思って探しにきたんです」

「ヒカリが……？　私のところには来ていないな」

（クライヴさまのところじゃなかった……ならどこに……？）

シアーラが考えていると、何かを察したクライヴが真剣な表情で言う。

「彼女の居場所が知りたいのなら、私も探そうか」

「いえ、大丈夫です。そんなに大したことではないんです。それに、あまり大々的にことを起こして気づかれるのもよくない気がしていて」

「そうか……。ならもし私の手伝いが必要ならいつでも声をかけてくれ」

「はい。ありがとうございます」

シアーラは微笑んだ。

それは他愛のない会話だったが、以前のシアーラとクライヴからは考えられないようなことだった。ぶつかることもなく、気まずくなることもなく、もし助けが必要なら、きっとクライヴは躊《ちゅう》躇《ちょ》なく助けてくれるだろう。

そのことを嬉しく思いながら、シアーラはクライヴと別れた。

それからしばらくあてもなく王宮をうろうろとしたものの、ヒカリは見つからない。

（城の中にはいないのかしら）

そう思って、シアーラが王宮の外に出た時だった。

ちりん、とどこかで鈴が鳴るような音がしたのだ。

（なんの音？）

不思議に思って耳を澄ましてみても、再度音は聞こえない。

辺りを見回しても、誰もいない。

（気のせいだったのかしら……？）

不思議に思いながらシアーラがふたたび歩き出そうとした時だった。

ちりん、と先ほどの音がまた聞こえる。

（……あっちから聞こえた気がする）

そう思って見た方向にあったのは、普段あまり人が立ち寄らない離れの庭園。

その庭園は綺麗に整えられているものの、主となる王宮から離れているせいで普段ほとんど訪れることはない。

（誰かいるの？）

シアーラは誘われるように、ふらふらと音が聞こえた方向に向かって歩き出した。

やがて庭園の奥に現れたのは小さな小屋。

管理人小屋だろうか。小さいながらも人ひとりが住めそうなほどの大きさがある。そのままシアーラがドアノブに手をかけようとしたところで、中から聞き覚えのある声がした。

「いい加減諦めたらどうなの？」

ぴたりとシアーラの手が止まる。

（ヒカリの声……？　誰かと話しているの？）

シアーラはあわててドアから離れた。

気づかれたらまずい。

それから音を立てないよう窓に近づくと、カーテンの隙間からそっと中を覗き込んだ。

普段あまり使われていない部屋なのだろうか。中は片づいているにもかかわらずどこか埃っぽい。

その中でヒカリは、取り付けられた鳥籠に向かって話しかけている。

（あれは……雀？　でもそれにしては尾が長いわ）

鳥籠の中でしおれたように立っていたのは、光り輝く小鳥だった。

雀のようにぽってりと丸い体を持ちながらもシュッと伸びた尾は長く、何よりその体は真っ白だ。

「まぁいいわ。あんたが強情を張るというのなら、いつものようにするまでよ」

そう言ったヒカリの顔は別人のように険しく、シアーラはハッと息を呑んだ。

（あの顔……！　私が地下牢で見た時と同じだわ！）

そこにはシアーラを見下し、嘲笑した時と同じヒカリがいた。

――やはりこれが彼女の本性なのだ。

ドッドッと心臓が早鐘を打つ。

（なぜあの小鳥にそんな顔を向けるの……!?）

シアーラがじっと見つめる前で、ヒカリは鳥籠の扉を乱暴に開けた。

かと思うと、ガッ！　と小鳥を握りつぶす勢いでわしづかみにする。

「ピュイ!!」

小鳥がバタバタと翼をはためかせながら鳴き声を上げた。シアーラもあやうく声が出そうになって、咄嗟に両手で口を押さえる。

「ほら！　泣きなさいよ早く！」

普段のヒカリからは想像もつかない、低く凄みのある声。

小鳥はヒカリの手の中で、必死に翼をバタつかせて逃げようとしている。その様子は本当に苦しそうで、見ているシアーラまでもがつらくなる。

だがヒカリは手を緩めるどころか、小鳥が苦しめば苦しむほど、ますますぎゅううっと強く拳を握るではないか。

「……しぶといわね。なら、これならどう？」

そう言いながら、ヒカリはもう片方の手も小鳥に伸ばした。かと思うと、小鳥の白くて美しい翼が、ポキリという音とともにおかしな方向にねじ曲がった。

「ピィイイイ!!」

叫ぶような小鳥の鳴き声に、我慢できなくなったシアーラが声を上げようとしたその時だった。

苦しみにあえぐ小鳥の赤い瞳から、ぽろりと大きな涙がこぼれたのだ。

その涙はヒカリの手を伝い、カツーンという硬質な音を立てて床に落ちる。

（あれは……!?）

シアーラの場所からは、床に落ちたものはよく見えない。

「ようやく出したわね。無駄な意地を張っていないで、さっさとわたしに引き渡せばこんなに苦しまなくてすむのに」

ヒカリがフン、と鼻を鳴らす。それから小鳥を乱暴に籠に戻すと、ガシャンと扉を閉めた。そして床に落ちた何かをつまみ上げる。

それは透明なしずく型の水晶だった。きらきら、きらきらと澄んだ輝きを放っている。

（もしかして……あの小鳥の涙？）

ヒカリはそれを満足げに眺めると、ためらうことなくぱくっ！　と口に含んだ。そのままごくん、と呑み込む。

（呑み込んだ……!?）

驚くシアーラが見つめる前で、ヒカリの体が一瞬パァッと白い光を放った。その光は清らかで美しく、どこか光の魔法に似ている。

発光が落ち着くと、ヒカリは満足そうにふぅと大きくため息をついた。それからくるりと踵をかえして、扉の方にやってくる。

シアーラはあわてて窓から離れた。ヒカリに見つからないよう、小屋の後ろにぐるりと回って隠れる。

そんなシアーラには気づくことなく、小屋から出て来たヒカリはガチャガチャと扉に鍵をかけると、鼻歌を歌いながら王宮へと戻っていったのだった。

（……行ったわよね？）

やがてヒカリが完全にいなくなったのを確認してから、シアーラはそっと小屋の陰から出て来た。念のためきょろきょろと辺りを見回しても、シアーラ以外誰もいない。

ヒカリが出て来た扉の前にいくと、扉はしっかり鍵をかけられていた。軽く触ってみたものの、やはり鍵がないと開きそうにない。

「なら、しょうがないわ。どうせ遅かれ早かれヒカリにはばれるでしょうし……」

シアーラは鍵穴に手をかざし、光魔法を放つ準備をした。

本来であれば光魔法は、魔物以外には何も効果がなく無害だ。けれどある時シアーラは、その光魔法がある一定の濃度を超えると、物理的な威力を持つことに気が付いた。

調べてみたところ、どうやらそれは他の聖女にはできないことらしい。前例もなく、神殿の記録にも何も書かれていない。それゆえ誰にもそのことを打ち明けていなかった。

シアーラは極限まで集中すると、鍵穴めがけてカッと光魔法を放った。次の瞬間、ガランという音を立てて鍵の部分がすっぽりと扉から転がり落ちていた。

すぐさまシアーラは扉を開け、鳥籠に駆け寄った。

中では先ほどヒカリに痛めつけられた小鳥がぐったりと横たわっている。その翼は先ほど見た通り、おかしな方向にねじれたままだ。痛ましさに眉をしかめる。

「かわいそうに……。助けられなくてごめんなさい。でもこのままにはしないわ」

シアーラは扉を開けると、小鳥に向かってそっと手を伸ばした。

てっきり、小鳥はシアーラを怖がって暴れるかと思ったが、赤いつぶらな瞳はじっとこちらを見つめるだけで嫌がってはこない。

シアーラが優しく両手の中に包み込んでも、小鳥は大人しく包まれるままだった。

「あなたの瞳の色、よく見たらクライヴさまと同じ色ね。安心して。あなたが治るまで私がしっかり面倒を見るわ」

シアーラは小鳥を胸に抱えると、急いでその場から立ち去った。


それからシアーラは、鳥獣に詳しいエディに手当の仕方を教わり、皆に隠れて部屋で小鳥を飼い始めた。シアーラ不在の時は誰も立ち入らないよう鍵をかけ、部屋に誰かが来る時はこっそりと小鳥をバルコニーに隠す。

そうしているうちに、なぜかヒカリの様子が少しずつおかしくなっていった。シアーラが教えている時でも集中力を失くしたようにそわそわとすることが多く、顔に焦りの色が浮かぶように。

何より、体調不良で休むことが多くなったのだ。

シアーラがトレイシーに確認したところ、どうやら何かを血眼になって探しているらしい。

「……やっぱり探しているのは、あなたのことかしら」

部屋の中で、シアーラは小鳥に向かって話しかけた。

連れてきた小鳥は大人しく、翼に包帯を巻いた時もずっとされるがままだった。

その赤いつぶらな瞳は、まるでこちらが話していることを理解しているかのように、じぃっとシアーラを見つめてくる。

「そろそろ、傷が癒えてくる頃よね……」

言いながら、シアーラは自分で巻いた包帯をしゅるしゅると取っていく。

「……うん、治っているわ！」

現れた翼は折れやねじれもなく、綺麗な線を描いていた。鳥にはあまり詳しくないシアーラでも、これなら大丈夫そうだと思えるほど。

「さぁ、飛んでみて」

そっと手に乗せて放つと、小鳥は部屋の中をすいーと飛び回った。その動きは軽やかで、もう心配は何もないように見える。

シアーラは窓に歩み寄ると、ガラス戸を開け放った。それから小鳥に向かって微笑む。

「もう捕まらないように気を付けてね」

結局、小鳥の涙がどういう効果を持っていたのかはわからない。けれど、それを知るためだけに小鳥を泣かせることは、シアーラにはできなかった。

言葉が伝わったかのように、小鳥はスイ、と外に向かって飛んでいく。そのまま久しぶりの空を楽しむように、大きく翼をはためかせてゆっくりとその場で8の字を描いた。

かと思うと、小鳥がまたすぃぃーっとシアーラの部屋に戻って来る。

「あ、あら？　どうしたの？」

戸惑うシアーラの目の前に浮かぶように、小鳥がパタパタと舞い降りた。

次の瞬間――小鳥はパァッとまばゆい光を放ったのだ。

「きゃっ！」

その眩しさに、シアーラが咄嗟に顔をかばう。

そんなシアーラの前では、光に包まれた小鳥がゆっくりと姿を変えていた。

光の中で小鳥の形がだんだん崩れて丸くなり、次にそこからにょきりと細長い手足のようなものが伸びてくる。そして――。

「えっ？　女の子……？」

気づくとシアーラの前には、小さな女の子が立っていた。

見た目からして、五、六歳くらいだろうか。

どこかシアーラに似た顔立ちをしている。そしてシアーラと同じ色の、背中までさらさらと流れる白銀の髪。瞳は小鳥の頃から変わらない、燃えるような赤だ。

「もしかしてあなた、さっきの小鳥なの……？」

シアーラがおそるおそる尋ねると、ふさふさのまつ毛をぱちりとまばたかせて女の子は言った。

「しあーら」

高く愛らしい声に名前を呼ばれ、思わずシアーラが返事をする。

「は、はいっ」

「わたし、さりゅー」

「サリュー……？」

どうやらそれが彼女の名前らしい。

（サリュー・クリスタルのサリューと同じだわ）

「さりゅー、わるいやつ、つかまってた。たすかった、ありがとう」

抑揚《よくよう》のない、独特の話し方。言いながら、小鳥、もといサリューがぺこりと頭を下げる。

その姿は可愛らしく、小鳥が少女に変化するという不思議な出来事ですらどうでもよくなるほどだった。シアーラは微笑んだ。

「気にしないで。あなたを助けられてよかった」

そんなシアーラの顔を、サリューは無表情でじっと見つめていた。

それから手を伸ばしてシアーラの手を取り、またぽつぽつと話し始める。

「さりゅー、わるいやつ、ちから、あげない。でも、しあーら、いいひと。だから、さりゅー、しあーら、きめた」

「決めた？　……なんのこと？」

そうシアーラが尋ねた瞬間だった。

ぱぁぁっとサリューの体がまばゆく輝きだしたのだ。

ふわりとサリューの髪が浮き上がり、同時にサリューの手を伝ってシアーラの中にあたたかい何かが流れ込んでくる。

「サリュー!?　これは……!?」

あたたかい力は、瞬く間にシアーラの全身を満たしていった。手、腕、胸、そして髪の毛の一本一本にいたるまで、感じたことのない強い力が入ってくる。

（なんて神聖な力なの……！）

サリュー・クリスタルから発せられる力と、サリューから入ってくる力はとてもよく似ていた。名前が似ているだけではなく、本質的な部分でも何か関係があるのかもしれない。

シアーラがそう思い始めた時だった。

コンコンコン、とノックの音とともに、ワゴンを押した侍女が部屋に入ってきたのだ。彼女はそそっかしく、度々シアーラが返事をする前に入ってくることがある侍女だった。

「王妃陛下、替えのお水をお持ちいたし――」

侍女が顔をあげて、はたと気づく。

シアーラと手を繋いでいる、シアーラによく似た女の子に。

「……え？　そ、その子は……？」

「あ、彼女は、その……」

咄嗟のことに、シアーラもすぐに言葉が出てこない。

かと思った次の瞬間、サリューはぎゅっとシアーラの手を握って、こう言った。

「まま」

「えっ⁉」

驚くシアーラの前で、侍女がみるみるうちに目を丸くする。そして彼女は叫んだ。部屋のみならず、廊下にまで響き渡るような大きな声で。

「お、お、お、王妃陛下、隠し子がいらっしゃったのですかあああ⁉」

「違うわ⁉」

◆

「――それで、この子は一体……？」

目の前ではクライヴが、いぶかしげな目でシアーラとその後ろに隠れるサリューを交互に見つめている。彼の後ろには王宮で働く人たちもいた。

――あの後侍女が大騒ぎしたせいで、廊下にいた近衛騎士のみならず、何事かと顔を覗かせた人がどんどん集まってきてしまったのだ。

それは国王クライヴを召喚させるほどで。

「シア、もしかして君の子なのか……？」

「まさか！　違います！」

シアーラが否定するそばで、侍女や近衛騎士たちがヒソヒソとささやく。

「え？　おふたりの子供じゃないんですか？」

「でもあの髪色といい、王妃陛下によく似てないか……？」

「それに瞳の色はクライヴ陛下にそっくりよ」

シアーラ同様、そのひそひそ話が聞こえたのだろう。クライヴが、じっ…………と穴が開きそうなほどサリューを見つめる。

サリューはサリューで、怖気《おじけ》づくことなく、大きな赤い瞳をぱちぱちとまばたかせてクライヴを見返した。

「……確かに似ている……」

たっぷりとした間の後に、クライヴが眉間に皺を寄せてぼそりと呟く。

「ということはシア、もしかして私はいつの間にか君と……⁉」

「違います！」

クライヴが何を言おうとしているのか察して、シアーラは顔を真っ赤にした。

（確かにサリューは私たちに似ているけれど、クライヴさまは私に指一本触れたことないのよ。子供が生まれるわけがないわ……！）

どうやら正常な判断がつかないほど、クライヴも動揺しているらしい。

「よく考えてみてください。この子はどう見ても五、六歳はいっています。それに対して私たちが結婚したのは三年前。時期的におかしいではありませんか」

「なら……」

ぐっと眉根を寄せ、クライヴは真剣そのものの表情で言った。

「もしや私は結婚前に君と……⁉」

「どうしてそうなるのですか！」

気づけばシアーラは叫んでいた。

すぐにハッとして、咳払いしながら続ける。

「……落ち着いてくださいクライヴさま。私たちは白い結婚ではありませんか」

「だが耳の形が私に似ている」

「気のせいだと思います！」

（どうして引き下がらないの⁉　大体、誰であっても耳の形は大体似ていると思うわ！）

そもそも互いに指一本触れていないのは、クライヴ本人が一番知っているはずなのだ。シアーラが理解できないという瞳で見ると、クライヴは気まずそうに目を逸らした。

「いや、その、酒に酔って……という可能性もなくはないと思って……」

「大丈夫です。指一本触れられていないことは私が保証します」

「そうか……」

シアーラがきっぱりと言うと、なぜかクライヴが一瞬しゅんとした。

(というか、目の前にいるのは本当にクライヴさまなの……⁉)

シアーラは信じられない思いで見つめた。

彼はいつどんな時も堂々と、王らしく落ち着き払っているというのに、今の彼はかつて見たことがないほどの動揺っぷりだ。

(でも、そうよね……白い結婚だったはずの妻に子供がいるかもしれないと思ったら、きっとクライヴさまでも動揺しておかしくなるのかもしれない。……といっても普通、そこは『他の男との隠し子か⁉』と言って責められそうなものだけれど、それは不思議と言わないのね……?)

でであればどう説明したらいいものか。

シアーラが悩んでいると、それまでじっとクライヴを見つめていたサリューが口を開いた。

「ぱぱ」

「シア、やはりこの子は私の⁉」

「違います！」

なぜか話をややこしくしてこようとするサリューの肩を、シアーラはぎゅっと摑んだ。

（このままじゃ埒が明かない……！　こうなったら）

ごほん、ごほんとシアーラは咳払いをした。

「その……お話しますので陛下とふたりにしてくださいませ」

「わかった。皆、私たちだけにしてくれないだろうか」

家臣たちはしぶしぶといった様子だったが、それでもうながされるまま出ていく。すぐに部屋にはシアーラとクライヴ、それからサリューの三人だけとなった。

念のため廊下も確認して、誰も聞き耳を立てていないことを確認してからシアーラが切り出す。

「――実はこの子、人間ではないのです」

その言葉に合わせるように、サリューの輪郭がふわりと溶けて小鳥の姿に戻る。

スイーとのびのび部屋を飛び回る白い小鳥を見て、クライヴは唖然《あぜん》としていた。

「……ヒカリが、この子を離れの小屋に閉じ込めていたんです」

また幼女の姿に変わったサリューを見ながら、シアーラは自分が見たことを話した。

――ヒカリが体調不良と偽《いつわ》って部屋を抜け出していたこと。

――その後を追っていったらこの白い小鳥がいたこと。

――ヒカリは小鳥をいたぶり、流した涙を飲んだこと。

――シアーラが保護したところ、小鳥が幼女の姿に変わり、サリューと名乗ったこと。

一連の話を聞いて、クライヴは混乱したように額を押さえている。

「まさかそんなことが……。シア、君の話してくれた過去の中に、この子は出てこなかったな？」

「はい。私もサリューのことは初めて知りました」

もしかしたら前回も、ヒカリはサリューを捕まえて閉じ込めていたのかもしれない。

けれど前回のシアーラはヒカリの行動を気にしていなかったし、今回のように監視もしていなかったため、彼女が何をしていたのかまったく知らなかったのだ。

「ヒカリはこの子の涙を呑んでいたのだろう？　一体なぜだ」

「私も気になっているのですが、まさか泣かせるわけにもいかなくて……」

ふたりの視線がじっとサリューに注がれ、気づいたサリューがまた抑揚のない声で言った。

「さりゅー、あるじ、しあーら、きめた」

「あるじ？　……というと、主人のことか？　彼女はシアを主だと？」

「恐らく……」

サリューの言葉はカタコトで、はっきりした意味はわからない。

「色々と気になることは多いが、ひとまずは君の親戚の子ということにしておこう。まだ君の隠し子だと疑っている者も多いから、そこははっきり言っておかなければ」

「はい」

シアーラはうなずくと、クライヴとともに再度王宮の人たちを集めた。

「――この子は私の母方の祖母のはとこの叔父の息子の娘です。急だけれど身寄りがなくなってしまったので、しばらく王宮で面倒をみることになりました」

母方の祖母のはとこの叔父の息子の娘。

その場にいた人たちが必死に頭の中の家系図をたどっている間に、クライヴが付け足す。

「皆、サリューはしばらくこの王宮に滞在するため、客人として大切にもてなしてくれ」

「承知いたしました！」

家臣たちがうやうやしく頭を下げる中、ひとりすさまじい形相《ぎょうそう》でサリューを見ていたのはヒカリだ。

その視線の険しさに、サリューがあの小鳥だと見抜かれたのではとシアーラが不安になる。

実際家臣たちが退出しても、ヒカリだけはその場に残ったままサリューのことをじろじろと見ていた。

「シアーラさま。この子、シアーラさまの遠縁なんですかぁ？」

ヒカリはいつも通りだが、瞳の奥が全然笑っていない。ひとことも聞き逃すまいとするかのような張り詰めた空気が伝わってきて、シアーラはごくりと唾を呑んだ。

（ヒカリに勘ぐられないようにしなければ……！）

「ええ。私によく似ているでしょう？　私も驚いたのだけれど、これも何かのご縁と思ってお預かりすることにしたの」

「ふぅん、そうなんですね」

（今の流れに不自然なところはなかったはず……！）

異世界人であるヒカリがどれくらいシアーラのことを知っているかはわからないが、少なくとも目の前のヒカリは、怪しみつつもある程度は納得しているようだった。

見つめられたサリューが、無表情のままぎゅっとシアーラのドレスの裾を握る。シアーラもかばうようにサリューを自分の方へと抱き寄せた。

（サリューはヒカリに翼を折られたんだもの。きっと怖いはずだわ）

「ヒカリさま、今日のお勉強はお休みしましょう。この子のために部屋を作ってあげなくては」

それを口実に、シアーラはサリューを連れて部屋を離れた。後ろからまだヒカリのねばつく視線を感じていたが、気づかないふりをした。


そうして新たに加わったサリューは、不思議な子だった。

「しあーら、しあーら」

と言ってシアーラのそばにいることを好むのだが、そばにいれば満足らしく、シアーラに何かを求めてくることはない。

そしてシアーラの錫杖を気に入っているらしく、よくぽーっと見つめたり、先端の石に頬をすりすりとこすりつけたりしている。

それはまるで静かな猫を飼っているようで——といっても元は小鳥なのだが——シアーラがそんなサリューの頭を撫でてやると、彼女は少しだけ目を細めて、されるがままになっているのだ。

また、サリューは時々フッと姿を消した。

シアーラはサリューから不思議な力をもらったせいか、彼女が今どこで何をしているのかうっすらわかるのだが、他の人たちにとってはそうではないらしい。

サリューがいなくなると、お世話役としてつけられた侍女たちがてんやわんやになって彼女の居場所を探すことになるので、そのたびにシアーラはサリューの居場所を侍女たちに教えるのだった。

「……なんというか、こうして見ると普通の子供のように見えるな」

ある日のこと。

クライヴが、ちょこんと彼の膝に座ったサリューにクッキーを食べさせながら言った。

彼は最近、サリューの様子を見にちょくちょくシアーラの元にやってくるようになっていた。

こうして一緒にお茶を飲むのは前回クライヴが毒を盛られた時以来で、数回経ってもまだシアーラはドキドキしている。

そんなシアーラをよそに、サリューはクライヴの膝の上でうながされるまま「あ」と口を開け、はむはむとクッキーを食べている。どうやら人間同様食べ物は食べられるらしく、特にクッキーやケーキといった甘いものが好きなようだ。

その姿はクライヴの言う通り、やや無表情なものの、ただの子供のように見える。

「サリューは以前君のことを主と言っていたが、それの意味はわかったのか？」

尋ねられて、シアーラは首を横に振った。

あれから何度かサリューに尋ねたことはあるものの、

「あるじは、あるじ」

とだけ返されて、未だになんなのかはわかっていない。

サリューからもらった力も、体全体を満たす神聖な力を感じてはいるものの、それ以外には特に変化はない。

「残念ながらまだ何も……」

シアーラが申し訳なさそうに言った、その時だった。

クッキーを食べていたはずのサリューが、ぴくん！　と顔を上げたのだ。

それからひょいっとクライヴの膝から飛び降りて、とたたたたと思わぬ速さで扉の方に走っていく。かと思うと、そのままドアノブに手を伸ばして自分でがちゃりと開けてしまった。

「サリュー！」

「どこに行くんだ」

シアーラとクライヴが驚いて立ち上がる。サリューはふりむいてふたりをちらりと見ると、サッと部屋の中から飛び出して行ってしまう。

「サリュー！」

シアーラはその後ろを追いかけた。

なんとなく、サリューが呼んでいるように見えたのだ。後ろからクライヴもついてくる。

サリューは子供とは思えない速度で廊下を駆け抜け、城から飛び出す。

その先にあったのは、広々とした美しい王宮庭園だ。あちこちに色とりどりの花が咲き乱れ、綺麗に整えられた低木が道を作っている。

その庭の一角に、人々が集まっていた。

（どうしたのかしら？）

シアーラはクライヴと顔を見合わせた。サリューの目的地も、その人だかりのようだった。

「一体何事だ？」

クライヴが声をかけると、気づいた人々が頭を下げながらザッと道を開ける。

その先にいたのは――。

「わ、わたしはやめてと言ったのに……！」

苦い顔をしたヒカリだった。

そんなヒカリを挟むようにして、ふたりの騎士が険しい顔でにらみ合っている。

片方は真っ赤な顔でフーッフーッと鼻息荒く体を揺らし、その手には血のついた剣を持っていた。

もう片方は斬り付けられたらしく、同じく剣を構えながら腕からボタボタと血を垂らしている。

気づいたクライヴの顔が即座に険しくなった。シアーラはサリューに血が見えないように、ぎゅっと抱きしめて隠した。

「これはどういうことだ？　なぜ騎士同士で斬り合っている」

「陛下！　あの男がヒカリさまを侮辱《ぶじょく》したのです！」

斬った方の騎士が、怒鳴らんばかりの勢いでクライヴに訴える。斬りつけられた方の騎士も負けじと叫んだ。

「私はただ事実を言ったまで！　自分がヒカリさまに相手にされていないからって、私に八つ当たりするのはやめろ！」

「何を！　そもそもヒカリさまがお前の相手になるなんて言っていること自体、とんでもない侮辱だぞ！」

「だから何度も言っているだろう！　ヒカリさまは私に――」

「やめてください‼」

大きな声で叫んだのはヒカリだ。

瞳をうるうると潤ませ、憐みを誘う表情で必死に訴える。

「ふたりとも落ち着いてください！　何か誤解をしているのよ。相手をするとかしないとか、そんなはしたない言葉を使わないで！」

「そうだぞ！　これはヒカリさまへの侮辱だ！」

「だが！」

再度過熱しそうな気配を感じたクライヴが、大きな声で制した。

「そこまでだ！」

彼の声に、ふたりの騎士がびくりと止まる。

「まずはふたりとも頭を冷やせ！　歴史ある庭園のど真ん中でとんでもない痴態だぞ。その上、剣まで持ち出すとは！」

怒声に、騎士たちが気まずそうに口をつむぐ。クライヴはため息をついた。

「まったく……なんという体《てい》たらく。ふたりともしっかり罰は受けてもらうぞ。……それからヒカリ、すまないが彼の傷を治してやってくれないか」

——それはごくごく自然な流れだった。

ヒカリが光の癒し手とわかってからは皆ヒカリに治癒を頼むようになっていたし、ヒカリ自身、喜んで皆を治癒してまわっていたからだ。

だからクライヴもシアーラも、そしてまわりにいた騎士や見物人たちも、ヒカリに頼むことを何もおかしなことだとは思っていなかった。

だが……。

「わ、わたし……」

ヒカリはひくっと頬を引きつらせると、逃げるように一歩後ずさった。

「わたし、今体調がよくなくて……」

「そうなのか？　それはすまなかった」

クライヴも無理強いはしない。ヒカリに治してもらうのが一番早いとはいえ、命に支障が出るほどの怪我ではないのだ。

（そういえばヒカリは最近ますます体調不良で休むことが増えたわ。サリューを探しに行っているのかと思ったけれど、本当に体調不良だったのかしら）

「なら君はすぐ医務室に行きなさい。仮にも騎士なんだ、腕に後遺症が残ったらどうする」

クライヴの言葉に、血を流している方の騎士は何か文句を言いたそうな顔をしていたが、最後は従うことにしたらしい。

それに伴って、集まっていた野次馬もパラパラと戻り始める。シアーラもサリューを連れて部屋に戻ろうとした。

その時だった。

「っ！　ねぇ、どうしたの!?　ねぇ!!　大丈夫!?」

と焦った女性の声が聞こえたのだ。

声に釣られてシアーラが振り返ると、ひとりの侍女がその場にうつぶせで倒れていた。そばでは同僚らしい侍女が、必死にその体をゆすっている。

「どうしたの」

近くにいたシアーラが声をかけると、彼女は泣きそうな顔でこちらを見た。

「わっ、わかんないんです。急に胸が苦しいって言ったと思ったらそのまま倒れて……‼」

そこへクライヴも駆け寄ってくる。

彼は倒れた侍女を仰向けにすると、すぐさま彼女の鼻に指を当てた。それからハッとした顔で心臓に耳を当てる。

「……呼吸も心臓も止まっている」

「えっ⁉」

クライヴの言葉に侍女が叫び、シアーラがひゅっと息を呑む。

倒れた侍女はまるで眠っているかのようだった。ただし、クライヴが必死になって呼びかけても頬を叩いても、まったく起きる気配がない。

同僚の侍女がガタガタと震える横で、クライヴが叫んだ。

「ヒカリ！」

呼ばれたヒカリが、びくっと肩を震わせる。

「体調がよくないのはわかっている。だが緊急事態なんだ！　彼女に癒しの力を！」

「で、でも」

「頼む、君しかできないんだ！」

既に心臓が止まっているのなら、恐らく医師を呼んだところで侍女が助かる可能性は低い。

けれどヒカリの光魔法でならまだ間に合う可能性があった。シアーラも進み出る。

「私からもお願いします、ヒカリさま！」

「お願いですヒカリさま！　わ、わたしの友達を助けてください！」

「ヒカリさま！」

「聖女様！」

同僚の侍女や、まわりの人たちも次々とヒカリを見る。

けれど、それでもヒカリは癒しの光魔法を使おうとはしなかった。

「む……無理よ！　無理なものは無理なのよ！」

ヒカリはそう叫んだかと思うと、ダッとその場から逃げ出したのだ。

「ヒカリさま⁉」

(今までどんな軽い傷でも治してくれていたのに、どうして……⁉)

まさかここまで頼んでも断られるとは思わず、シアーラが面食らう。周囲の人々にも動揺が広がり、すぐさまヒソヒソと会話が交わされた。

「ヒカリさまが逃げてしまわれたわ！」

「ねぇ、あの噂やっぱり本当なんじゃない？」

「あの噂？」

「うん。私、聞いたのよ。ヒカリさま、癒しの光魔法が使えなくなったかもしれないって」

(光魔法が使えなくなった……?)

耳に入った話にシアーラが眉をひそめる。本当はもっと詳しく聞きたいが、今はそれどころではない。

(こうなったらお医者様を呼ぶしか!)

そう考えて、シアーラが動いたその時だった。

「あるじさま」

シアーラのドレスがぎゅっと引っ張られたかと思うと、赤い瞳を大きく見開いたサリューがこちらを見ていたのだ。

「サリュー? どうしたの?」

「あるじさま、なおせる」

抑揚のない声で言いながら、サリューがスッと倒れている侍女を指さす。

「あるじさま、なおせる!」

もう一度サリューが大きな声で叫んで、シアーラは困惑した。

「サリュー、私の光魔法にそんな力は……」

けれどそこまで言ってシアーラはハッと思い出した。

この間、サリューがシアーラに注ぎ込んだ力のことを。

(もしかして……)

あることに思い当たって、シアーラはおそるおそる一歩踏み出した。

それから皆が見守る中、倒れている侍女に向かってそっと手をかざす。

手のひらに集まってくるのはいつも通りの光魔法。本来これは魔物にしか効果はなく、人体にはなんの影響もない——はずだったのだが。

「……う……」

なんとシアーラが光魔法を使い始めて十秒も経たないうちに、それまで何をしても反応がなかった侍女が小さくうめいたのだ。

シアーラがあわてて胸に耳を当てると、心臓は弱々しいながらも確かにトクトクと脈打っている。

「わ、わたし……？」

そのままうっすらと目を開けた侍女が不思議そうにつぶやくと、まわりで見ていた人たちがわぁっ！　と歓声を上げた。

「生き返ったぞ！」

「よかった！」

と抱き付いているのは同僚の侍女だ。クライヴもほっとした顔で言う。

「すぐに彼女を医務室へ。問題がないか医師に診《み》てもらうように」

「はいっ！」

倒れた侍女が運ばれていくのを見て、シアーラはほっと息をついた。それからまじまじと自分の手を見つめる。

（今のはもしかして、癒しの力だったの？　特に違いは感じなかったけれど……）

「シアーラ。今のは……」

クライヴも同じことを思っていたらしい。シアーラが困惑した目で見つめ返すと、クライヴは立ち去ろうとしていた騎士の方を向いた。

「君！」

呼びかけたのは、先ほどの喧嘩で斬られた騎士だ。腕に服を巻いているが、その服にはにじんだ血が染みを作っている。

「シアーラ、彼にも試してみてくれないか」

クライヴに言われてシアーラはすぐさまうなずいた。

騎士がためらいがちに傷ついた腕を差し出す。巻いていた服を取ると、そこにはぱっかりと開いた生々しい傷口があった。

シアーラは先ほどの侍女の時と同じように、今度は騎士の傷口に手をかざした。そしてゆっくりと光魔法を発動させると――。

「お、おぉ！　見ろ！　傷が治っていく！」

「この感じ……ヒカリさまの癒しの力と同じだ！」

傷口はみるみるうちにふさがったかと思うと、まるで最初から何もなかったかのような健《すこ》やかな肌に戻っていたのだ。

（間違いない。やっぱりこれは癒しの力。それもヒカリと同じ！）

シアーラがクライヴを見ると、彼も驚いた目でシアーラを見ていた。

そこに、興奮した侍女の高い声が響く。

「王妃陛下も癒しの力に目覚められたのですね！」

釣られるように、まわりからもワッと声が上がった。

「おめでとうございます！」

「すごい、まさか光の癒し手がふたりも現れるなんて！」

あっという間に人々に囲まれてしまい、もしクライヴが制してくれなかったらシアーラはしばらく身動きが取れなかっただろう。

「皆が喜んでくれて私も嬉しいよ。さ、シアもまだ力に目覚めたばかりなんだ。ここはいったん、ふたりきりにさせてくれないか？」

クライヴの言葉に、人々が興奮したようにささやきあいながらもサッと道を開けてくれる。皆がシアーラたちに向ける視線は好意的なものばかりだった。

彼らに見守られる中、クライヴがシアーラの手を強く握った。

「行こうシア。まずは君から話を聞きたい」

「はい！」

ぎゅっと握り返して、シアーラはサリューとともにクライヴの後ろについていった。

——ちらりと振り返った群衆の中に、ヒカリの姿はいないことを確認しながら。

◆

「サリューが私にくれた力は、癒し手の力だったのかもしれません」

クライヴの執務室で、シアーラはサリューのやわらかな白髪に指を通しながら言った。細く白い指が髪を梳くたびに、サリューが気持ちよさそうに目を細める。

「そしてそれはヒカリの癒しの力でもあった、と」

クライヴの言葉にシアーラはうなずいた。

——これは仮説だが、もしサリューの涙に『一時的な癒しの力』があったとしたら。

ヒカリは定期的にサリューの涙を飲んで癒し手の力を維持していた。

けれどシアーラがサリューを助けてから、ヒカリは一度も涙を呑めなかったはずだ。

涙はあくまで、しばらくの間癒しの力を使えるようになるもの。時が経てばその力は失われ……

今のヒカリのように、癒しの力は失われる。

「そう考えればすべての辻褄《つじつま》が合うな。ヒカリがあんなところにサリューを隠していた理由も」

それからクライヴが、戸惑ったようにサリューを見る。

「しかしまさか、ヒカリの力の秘密がこの子にあったとは……気になっていたのだが、そもそもこの子は一体何者なのだ？」

「ずっと考えていたのですが……この子は女神さまの〝福音《ふくいん》の小鳥〟ではありませんか？」

シアーラの言葉にクライヴは目を細めた。

「福音の小鳥というと、あの？」

「はい」

神話の中では、女神のそばにたびたび小鳥の姿が描かれていた。

「神話に出てくる鳥の色はその時々によって違いますが、小鳥は女神さまの使いとされ、〝福音の小鳥〟と呼ばれてきました」

「なるほど……確かに一理ある。福音の小鳥は女神の使いだけではなく、我々が知らぬ力を持っていた可能性も高い」

言って、クライヴはサリューをじっと見つめた。

「サリュー、君は女神の小鳥、福音の小鳥なのかい？」

けれどサリューはそれには答えず、ぱちぱちとまばたきしただけだった。

「……どのみち、今まで以上にサリューの身の回りには警戒した方が良さそうだ。サリューの涙に癒しの力があると知れ渡ったら、ヒカリに限らず数多の者が彼女を狙うことになるだろう」

「はい。悪しきものから、守らないと」

その言葉に、シアーラが心配そうに目を伏せた時だった。

「だいじょうぶ」

ぴょこん、とサリューが跳ねる。

「さりゅー、ちから、ぜーんぶ、あるじさま、あげた。なみだ、ちから、ない」

「力がない？　じゃあ君の涙を呑んでも、もう癒しの力は宿らないということか？」

「そう！」

両手を広げたサリューが、解放されたようにくるくるくるっとその場で回ってみせる。クライヴが安堵したようにため息をついた。

「そうか……。それなら少なくとももう利用されたりはしないのだな」

「ヒカリはそのことを知っているのかしら……」

心配そうに呟くシアーラに、クライヴが言う。

「その前にヒカリは、一体どこでサリューのことを知ったのだろうか。我々王国民、いや王族ですら知らなかったのに、なぜ異世界人の彼女がそんなことを？」

「女神さまからのお告げだったとしても、やり方があまりにも不自然です。小鳥をいたぶって涙を流させるなど……女神さまが指示したとは思えません」

「それにサリュー、君はなぜヒカリに捕まっていたんだ？」

クライヴが問うと、今度はサリューも「うーん」と考え始めた。

「さりゅー、あるじさま、さがしてた。とんできた、びゅーん。さりゅー、つかまった」

「……なるほど？」

言葉から察するに、サリューは主を探す途中で捕まってしまったらしい。

「くろいの、いたいいたい。さりゅー、きらい」

「くろいのというのは何？」

けれどシアーラの問いには答えず、サリューはぎゅっとシアーラに抱き付いたまま黙り込んでしまう。

これ以上聞くのもかわいそうな気がして、シアーラはそんなサリューの頭をそっと撫でた。

そばではクライヴがじっと考え込んでいる。

「今まで何か起きても、『ヒカリは異世界人だから』の言葉で片づけてしまっていたが、もっとよく調べるべきだったな……」

彼らはなぜ、この世界にやってきたのか。

彼らに何ができて、何ができないのか。

彼らの目的は、なんなのか。

異世界人には未知なる部分が多い。

「異世界人は異界からの迷い人のようなものだと思っていましたが……ヒカリはなんだか、彼らとは違う気がします」

「私もそう感じている」

文献に載っていた異世界人は皆、この世界の発展に大きく貢献したと書かれていた。多少の私利私欲はあったにせよ、明確な悪人がいたという記憶はない。

けれど癒しの力を得るためにサリューを監禁し、そのことを隠していたヒカリは、異世界人の中で明らかに異質だった。

「……シア。やり直す前の人生で、君はヒカリに殺されたと言っていたな？」

「正確には濡れ衣をヒカリに着せられました。そのせいで処刑を」

脳裏によみがえるのは、シアーラのことを『バカみたい』と腹を抱えて笑っていたヒカリの姿。

当初は信じられなくて、もう一度目覚めた後ですら信じられなかったが、今は違う。

小鳥だったサリューを握りつぶすヒカリを見てはっきりと理解した。

ヒカリは今も昔も、変わっていないのだ。

シアーラの言葉に、クライヴがぐっと眉根を寄せる。

「ならもう少しだけ待っていてくれないか。彼女を追放できる理由を探す」

追放。

その言葉にシアーラが目を丸くする。思ってもいなかった言葉だった。

「追放？　ヒカリを、ですか？」

「当然だ。そんな危険人物を、君のまわりに置いておくことはできないだろう。本当はこの国にすら置きたくない」

　当たり前のように言われて、シアーラはますます驚いた。

「でも……ヒカリはまだ何も事件を起こしたわけじゃ」

　クライヴは普段、『疑わしきは罰せず』を地で行くような人間だ。どんな人間であろうとも寛容な心で接し、ギリギリまで見極めようとする。

　そんな彼が、まだ何も罪を犯していないヒカリを早々に排除しようとするなんて。

　驚くシアーラに、クライヴが真剣な表情で言う。

「ヒカリが狙っているのは君だ、シア。そんな危険人物が目の前にいるのに、放っておけるわけがない。それとも妻が傷つくのをみすみす見ていろと？　むしろ遅すぎたくらいだ」

　妻。

　その単語に、不覚にもシアーラの頬が赤くなった。

（ど、どうしてかしら。今までだって妻だと言われていたはずなのに……）

　白い結婚といえど、他国の大使に紹介される際などには「妻」と言われることもある。

　だというのに、今のクライヴから出た「妻」という言葉には不思議な響きがあった。

（まるで、本当に妻としての私を心配してくれるような……）

「あ、ありがとうございます。クライヴさま……」

　頬を染めながらお礼を言うと、クライヴもなぜかごほんと咳払いをした。

「……礼はいい。それより、しばらくヒカリには気を付けてくれ」

「はい」

シアーラが返事をした後、どちらともなくふたりは黙り込んでしまった。

その場に流れるのは、むずむずするようななんともいえない空気。

そこに先ほどまで顔を伏せていたサリューがぱっと顔を上げる。

「まま？　ぱぱ？」

「サ、サリュー。その呼び方はまた誤解を生むわ……！」

シアーラがあわてて止めると、サリューは珍しく「ふふっ」と小さく笑ったのだった。

◆

シアーラが癒し手だと判明したことで、王宮内のみならず、国内でのシアーラ人気はますます上昇していった。

そば仕えの侍女たちはもちろん、前回の人生では散々悪口を言ってきた人たちも皆シアーラに笑顔で近づいてくる。そのことに戸惑いつつも、シアーラにはそれ以上に戸惑うことがあった。

――クライヴだ。

「あ、の……クライヴさま……？」

シアーラは朝からクライヴの執務室に呼び出されていた。

「どうしたんだ、シア」

「いえ、あの。……私、この場に必要でしょうか？」

彼は「君に政務上での意見を聞きたい」と言っていたが、実際にはほとんどクライヴがひとりで片付けてしまう。時たま思い出したかのようにシアーラに意見を求めてきたが、彼が質問してくるのも難しい議題ではなく、ひとことふたことの会話で済んでしまうようなものがほとんどだった。

「私がお役に立てている気は、しないのですが……」

困惑しながら聞くと、クライヴは少し気まずそうに咳払いした。

「…………たまには、新しい意見も聞かねばいけないだろう」

「とおっしゃっていますが、昨日もおとといも、その前の日もでしたよね？」

そう、シアーラの言う通り、これは今日に始まったことではなかった。

クライヴが『ヒカリを追放する』と言った翌日から、ずっとこうなのだ。シアーラは朝起きるとすぐにクライヴから召換がかかり、困惑しながらも出かけ、そして一日中といってもいい時間、彼の部屋で過ごしている。当然、他の公務は一切できなかった。

シアーラの正論にクライヴがまた咳払いをする。

「意見は多ければ多いほどいい」

（それにしてはやけに長い気がするけれど……）

疑問に感じつつも、シアーラは大人しくソファに座った。

部屋に響くのは、クライヴがカリカリとペンを走らせる音。それから紙がこすれる静かな音。

シアーラは淹れてもらったお茶をゆっくりと飲んでいた。

（……不思議。まさかこうして、クライヴさまの執務室でお茶を飲む日がくるなんて……）

やり直し前の人生では、クライヴの執務室に入ったことはほとんどない。クライヴに『世継ぎを』と詰め寄ったあの一回ぐらいだろうか。

王の執務を邪魔することは、シアーラにとって大罪だったし、当然クライヴから招かれたこともなかった。

執務のためとはいえ、今こうしてクライヴの執務室で、彼の近くに座れていることが奇跡のように思える。

まわりの人に気づかれないよう、シアーラがそっと微笑む。

（……とはいえ、ずっとこうしているわけにもいかないけれど）

クライヴがひと息入れたタイミングを見計らって、シアーラはそっと申し出た。

「あの、クライヴさま。私もそろそろ公務に戻らなければ」

途端に、なぜかクライヴがむっとした表情になる。

「それならこの部屋でやればよいだろう。すぐにシアの机を持ってこさせる」

なんて言うなり、テキパキと指示を出し始めたのだ。シアーラはあわてて止めた。

「いえっ！　それに、ヒカリさまへの指導だってありますから！」

「それ、は……確かにここではできないな……。それならそもそも、指導は他の人物に代わってもらえばよいのではないか？」

「ですが……」

シアーラが光の癒し手だと判明して以来、ヒカリとはまともに会話をしていない。シアーラとしてもあまり関わりたくないところではあるが、そういうわけにもいかなかった。

シアーラは小声でささやいた。

「今突然指導を打ち切っては不自然に思われます。……ただでさえ、彼女はピリピリしているでしょうから」

「だからこそだ。わざわざ魔物の巣の中に飛び込む必要はないだろう」

クライヴの言葉にシアーラはむむ……とうなる。

今まで通りふるまい、刺激しないのが正解なのか。それともそもそも関わらないのが正解なのか。

対人関係があまり上手ではないシアーラにとっては難しい問題だった。

悩むシアーラを見て、クライヴがぽつりと呟く。

「……どうにか遠ざけられないか理由を探しているのだが、やはり今すぐにというのは難しい」

シアーラが見つめる前で、彼は厳しい顔で言った。

「現状、ヒカリにはなんの落ち度もない。しいていえば癒しの力が使えなくなったことだが、それを理由に追放はできない。用済みになった途端捨てると思われてしまうことになるからな……」

シアーラも静かにうなずいた。

それはきっと他の理由をつけても同じだろう。ヒカリが悪意をもって誰かを傷つけたり、それこそ毒殺未遂事件のようなことを起こしたりしない限り、ヒカリ追放は民たちが許さないはずだ。

「クライヴさま。無理にヒカリを追放しなくてもいいのではありませんか。本性はともかく、彼女は人心掌握に長《た》けた女性です。野放しにしてしまったら、下手すると反乱軍となる恐れだって」

「それは私も考えた。このまま手元に置いて管理した方がいいのではと。だが……」

そこまで言ってクライヴは額を押さえた。

それからため息をつくように、言葉を吐き出す。

「……シアに害が及んだらと思うと、いても立ってもいられないのだ」

シアーラを見つめた赤い瞳は、海に溶ける夕日のように、ゆらゆら、ゆらゆらと揺らめいていた。

「え」

真剣な、それでいてどこか切なさをたたえた彼の目に宿るのは、まぎれもない熱。

こんな瞳は初めてだった。

シアーラが言葉を失う。

最初に頬が、次に胸が熱くなった。

（まるで、私のことを恋人のように心配してくれているみたい……）

クライヴがもう一度ため息をつく。

「自分でもわかっている。少し心配しすぎだと。この前そこに立っている男にも言われたからな」

ちら、と視線を走らせた先にいるのは、つい先ほどまでクライヴの執務を手伝っていた側近の男性だ。年齢はクライヴより少し上ぐらいだろうか。眼鏡をかけた誠実そうな男性は目で指し示されて、落ち着いた様子でシアーラに会釈した。

「危険因子が目の前にいるというのに、こうも何もできないとは。まったく王という存在ももどかしいな……」

「万が一王妃陛下に何かありましたら民たちが黙っていないでしょうね。責任問題にもなります」

側近の男性の言葉にシアーラがハッとする。

（……そうよね。クライヴさまは国王で、私はこれでも王妃だもの。国を統べる者として私を守るのは当然なのかもしれない）

危うくのぼせ上がるところだった。

シアーラは小さく深呼吸して自分を落ち着かせる。

「クライヴさま、私のことでしたら心配無用です。ヒカリが何をしてくるのかわからなくて不気味ではありますが……ひとりにならなければよいのでしょう？　でしたら、聖女守護騎士団のエディがいます」

クライヴが結界石を各地に配って以来、聖女守護騎士団の仕事はほぼなくなったといっても過言ではない。そのためエディたち騎士は王宮で鍛錬を、ルイザたち聖女は神殿で鍛錬を積んでいる。

きっと今なら、エディをシアーラの護衛騎士として呼んでも問題ないだろう。

けれどシアーラの言葉に、クライヴは黙り込んでしまった。その顔はともすれば怒っているようにも見える。

「……ダメだ」

「どうしてですか？」

エディは騎士団長を勤めあげるほどの腕前で、もちろんクライヴとも面識がある。エディが信用に足る人物であるというのも十分に知っているはずだ。

だが彼はもう一度言った。

「ダメだ」

シアーラが首をかしげる前で、クライヴが不服そうに言う。

それは今までに見たことのない、どこか拗ねたような顔だった。

「クライヴさま……？」

「………………男性とふたりきりなど、危ないだろう」

クライヴの口からごにょごにょと出てきた言葉に、シアーラはさらに目を丸くした。

「エディとは今まで、何度もふたりで行動してきましたが……。遠征であれば丸数日、ふたりきりということも珍しくありませんし……」

「それはそうだがっ……！」

一応そのことはちゃんと知っているらしい。クライヴは散々思い悩んだかと思うと、自分を落ち着かせるようにふぅと息を吐いた。

「……わかった。護衛騎士をつける件は私の方でも考えよう。確かに、君を四六時中そばに置いておくことは非現実的かもしれないからな……」

とそこへ、コンコンコン、と少しリズムの早いノックが響く。

「入れ」

クライヴが許可すると、部屋に顔を覗かせたのはシアーラ付きの侍女だった。

彼女は焦った顔で早口に言った。

「王妃陛下。ヒカリさまが王妃陛下の部屋に入れてほしいと言って離れません。どうされますか？」

「ヒカリさまが？　すぐに行きます」

「私もついていこうか」

立ち上がったのはクライヴだ。だがシアーラは首を振った。

「いえ、私だけで大丈夫です。侍女たちもいますし、あまり大ごとにはしたくありません」

「……わかった。くれぐれも気を付けてくれ」

渋々、といった様子でクライヴが着席する。シアーラはお辞儀をすると、急いで自室へと戻った。

部屋の前では、ヒカリが可愛らしい笑顔を浮かべながら困ったように立っていた。やってきたシアーラを見て、パッと顔を輝かせる。

その表情はいつも通りで、不穏な気配はまったくない。

「あっシアーラさま！　よかった、来てくれたんですね！」

「どうされたのですかヒカリさま。珍しいですね、あなたが私の部屋に来るなんて」

そう話すシアーラの顔も表面上は穏やかだ。ヒカリが何を考えているかわからない以上、今まで通り様子を見るつもりだった。

「わたし……少し気になっていることがあって」

「気になっていること？」

「シアーラさま」

そこでヒカリは言葉を切り、じっとシアーラの顔を見つめた。

「シアーラさまはどうして……癒し手の力が使えるようになったんですか？」

口元はうすく微笑んでいるにもかかわらず、その瞳の奥は冷たく、少しも笑っていない。シアーラのこめかみを冷や汗が伝う。

（……いきなり本題に触れてくるのね）

シアーラはじっとヒカリを見た。ヒカリの方も、すべてを吸い込むような漆黒の瞳でシアーラを暴こうと見つめてくる。

気持ちを落ち着けるため、シアーラがすぅと息を吸い込む。

(何もやましいことはしていない。臆することは、ないわ)

一度目を閉じてから、シアーラはぱちりと目を開けた。口元に穏やかな笑みを浮かべながら。

「鳥を助けたんです。——王宮の庭で不思議な気配を感じて近づいたら、小屋の中に翼の折れた小鳥がいて。なので連れ帰って、私の部屋で看病をしていたんです」

ヒカリを目撃したことには触れていないだけで、それらはすべて本当のことだ。

「そうしたら、その小鳥がお礼をくれたのでしょうか。あたたかな白い光が体に満ちて……気づいたら、ヒカリさまと同じ癒しの力が使えるようになっていました」

以上ですべてです、とばかりにニコリと微笑んで見せる。ヒカリの表情は変わらない。

「……そんな不思議なことがあるんですねぇ。その小鳥、今も部屋にいるんですか？　わたしも見てみたいです」

狙いはあくまでサリューらしい。この場にサリューがいなくてよかったと思いながら、シアーラはやんわりと答えた。

「ごめんなさいヒカリさま。小鳥が怯えるかもしれないから、まだ私以外の方には見せていないんです。怪我がひどかったものだから」

けれどそこまで言った瞬間、ヒカリが微笑みながら大きな声を出した。

「独り占めなんて、ずるいですよぅ」

そう言った声は不自然なほど明るく、ともすれば女性同士の他愛ない戯れのようにも聞こえるだろう。実際ヒカリは近寄って来たかと思うと、シアーラの腕にぬるりと自身の腕を絡ませてきた。

「そんな可愛い小鳥、わたしも見てみたいです。ね、お願いシアーラさま」

「ごめんなさい、それはちょっと……」

やんわりと外そうとしたものの、ヒカリはがっちりとシアーラの腕を摑んでいた。その力は彼女の華奢《きゃしゃ》な外見からは信じられないほど、強い。

「えー？　ダメですよシアーラさま。独り占めなんて、ほんとずるいです。ねっ？　わたしにも見せてください。そうだ、せっかくなら中で一緒に勉強しましょ？」

段々ヒカリの目が妖しい光を帯びてくる。それだけではなく、ヒカリは腕を摑んだままシアーラの部屋に向かおうとした。……よほど切羽詰まっているらしい。

（それだけサリューの力が重要、ということよね。でも、駄目よ）

シアーラは渾身の力を込めて、ヒカリの手を押しのけた。

「ヒカリさま」

スッと背筋を伸ばし、かつてのシアーラのように、言葉の端々に威厳をただよわせる。辺りによく響く落ち着いた声でシアーラは言った。

「ずるい、という言葉で人を操ろうとしてはいけませんよ。それは子供のすることです」

ヒク、とヒカリの笑顔が引きつった。

「相手が嫌がらない適切な距離を保つ。それは淑女として……いえ、人としてとても大事なことです。お忘れになりませんよう。ではまた」

そこまで言うと、シアーラは美しいお辞儀をした。寸分の狂いもない、優雅で美しい完璧なカーテシーだ。ヒカリはまだこのカーテシーというものが苦手らしく、引きつった微笑みのままその場に立ち尽くしている。

それには構わず、シアーラは自室のドアを開けるとしっかりとした足取りで入った。

侍女が扉を閉める寸前に見えたのは、微笑んだままこちらをじっと見つめるヒカリの姿。その瞳は、ほの暗い水の底を彷彿とさせた。

パタン、とドアが閉まってからシアーラがふぅとため息をつく。

(明らかに様子が変だったわ)

ヒカリは顔こそ笑顔だったが、あんな駄々っ子のようなふるまいは初めてだ。シアーラの記憶の中にある猫かぶっている時のヒカリはあくまで気遣いのできる清楚な子という印象だったのに。

(サリューの力がないことが、それほど重要なのかしら)

肝心のサリューはといえば、シアーラのベッドの上でごろごろとしていた。最近すっかり出番のなくなったシアーラの錫杖を持ち、何度も何度もすりすりとほおずりをしている。

「サリュー、もしあの人が私のいない時にあなたに魔の手を伸ばしてきたら、その時はちゃんと逃げられる？」

「さりゅー、がんばる」

淡々と返事をするサリューの頭をシアーラが撫でる。

「いっそ、王宮から離れた方が安全だったりしないかしら？」

「だめ。くろいの、おいかけてくる」

話しているうちにわかってきたのだが、どうやらサリューが言う〝くろいの〟というのはヒカリのことらしい。瞳の色が黒いからだろうか？

「どうやらヒカリはあなたを見つける術《すべ》があるようね……。王宮だと無事なのは、何か理由があるのかしら？」

サリューは何も言わない。ただ先ほどと同じように、シアーラの杖に頬ずりをしていた。

「あの様子だと、ヒカリはまだ諦めていなさそうね……」

ぼやいてサリューを撫でる。暗い予感を感じていた。

◆

数日後。予想通りヒカリはふたたびやってきた。

ただし、予想外の人物を連れて。

「先、生……」

ヒカリに呼ばれてティールームへと向かったシアーラは、目の前に現れた人物に硬直した。

「あら、ごきげんようシアーラ。久しぶりですね」

首までぴちっとした黒の家庭教師服。固くひっつめた髪。それは長年シアーラの家庭教師を務めていたアッカー夫人だった。

（どうして、ここに）

アッカー夫人はシアーラという光の聖女を育て上げたことで、地位がうなぎ登りに上がっていた。彼女は誰かひとりを引き受けるのではなく、高額の報酬を払えば誰でも見てくれるらしい。結果、皆が彼女に家庭教師を頼みたがった。

そんな夫人から「会いたい」と連絡がくることもあったが、何かと理由をつけて頑なに断っていた。だというのに。

ドッドッ、と心臓が跳ねる。シアーラはごくりと唾を呑むと、最初から動揺などしていなかったかのようにふわりとお辞儀をした。

「ご無沙汰しております、先生」

シアーラの美しいカーテシーにアッカー夫人が微笑む。

「ふふ。あいかわらずお辞儀だけは見事なこと。本当に大変でしたよ、あなたをここまで育て上げるのは」

と言っているが、実際のところシアーラはすべてにおいてアッカー夫人の教えなどなくても優秀であったことを、シアーラ本人は知らない。

「はい。これもすべて先生のおかげです」

すらすらと、何も考えなくても叩き込まれた台詞が出る。

「来てくれて嬉しいです！　わたし、一度シアーラさまの先生にお会いしてみたくって」

隣でふふっと微笑んでいるのはヒカリだ。

どこからどうたどったのか、シアーラを従わせるためにアッカー夫人を見つけてきたらしい。

（この人は……人の弱みを見つけるのが、本当にうまいのね）

アッカー夫人相手では、シアーラは強気に出られない。

立場上ではとっくに夫人を超えているにもかかわらず、幼い頃に叩き込まれた痛みと恐怖によって、今も絶対的な主従関係がシアーラを縛っているのだ。

無邪気に笑うヒカリをアッカー夫人が褒める。

「ヒカリさまが噂の異世界人さまなのでしょう？　素直で清楚で、なんて可愛らしいのでしょう。シアーラも少しは見習ったらどうです？　あなたは本当に愛想がないんですから」

言われてシアーラがぎゅっと唇を噛む。

幼い頃、『笑ってはいけません！　媚びているようで下品です！』と言いながらシアーラの頬を叩いたのは、他ならぬアッカー夫人だったというのに。

「それにわたくしにも全然会おうとしないで……一体なんて薄情な子なのでしょう。わたくしがどれほど手をかけてあなたを育てたか忘れてしまうなんて」

文字通り、アッカー夫人はシアーラに手をかけた。頬を叩く、鞭で叩く、机を叩くといったように。それはシアーラに今なお暗い影を落としている。

「大丈夫ですよアッカー先生。シアーラさまもきっと照れているだけです。だからあんまり怒らないであげてください。ね？　お茶でも飲みましょ？」

天使の如き優しい微笑みを浮かべて、ヒカリがアッカー夫人の腕に触れる。それでようやく夫人は着席した。テーブルには既にティーセットが載っており、紅茶のいい香りを立ち上らせている。

「本当にヒカリさまはなんてすばらしいのでしょう！　シアーラ、あなたはヒカリさまに感謝なさい。もしヒカリさまがもう少し早くこの世界に来ていたら、彼女が王妃になっていましたよ！」

夫人の言葉に、ヒカリがシアーラを見た。その瞳には、勝ち誇った光が浮かんでいる。

けれどすぐにそんな光を消した。代わりにヒカリは、はにかむように頬を赤らめてみせた。

「そんな……言いすぎです。シアーラさまは本当にすごい人だもの。わたしは毎日勉強させてもらっているんです」

目の前で繰り広げられる茶番に、シアーラはぐっと手を握った。

何より、アッカー夫人を前にただうなずくことしかできない自分が、たまらなく嫌だった。

お茶を堪能しながら夫人が言う。

「聞きましたよシアーラ。どうやらあなたはヒカリさまに隠しごとをしているそうね？　どうしてそう心が狭いのでしょう。小鳥の一羽ぐらい、広い心をもって見せてあげればよいではありませんか。それでもあなたは王妃と言えるのかしら？」

シアーラは何も答えなかった。歯を食いしばり、手を握って、ただただ黙る。

「ほらまたそうやって黙り込んで。あなたはいつもそう。都合が悪くなるとすぐ黙るんだから」

そう言ったアッカー夫人の瞳は、醜悪に歪んでいた。

面白がっているのだ。

王妃となった今も自分に怯える、シアーラのことを。

握った手が震える。

悔しかった。今になってもやられっぱなしの自分が、たまらなく悔しかった。

ぎゅっ、と唇を噛む。

（……違う。私はもう、前の私じゃない）

アッカー夫人に怯え、我慢して生きていたシアーラはもういない。ヒカリに殺された。

（そう。弱い私は、死んだのよ！）

心の中で叫んで、シアーラはキッと顔を上げた。

表情が変わったシアーラに気づいて、夫人が眉をひそめる。

「……あら。何よその目は」

それはシアーラを威圧する時に使う低い声だった。けれどシアーラはひるまない。

「先生。私が何をどうするかは、私が決めます。あなたに指図されるいわれはありません」

「なっ……！」

シアーラの反抗にアッカー夫人が目を見開いた。言い返されるとは夢にも思っていなかったのだろう。

「師に向かって何を言うのですシアーラ！」

「今日は公務が溜まっているのでこれで。次回以降、私の許可なしに王宮に入れるとは思わないでください。ああそれから、今の私は王妃です。先生であれど、私の名を呼び捨てにすることは許しません」

言ってシアーラが立ち上がる。夫人が何やらわめいていたが、聞こえないふりをした。

そこに、ドン！　という重い音が響く。耳を突き抜ける恐怖の音に、ビクリと体が震えた。

「シアーラ!!」

ドン！

もう一度繰り返される重い一撃。何かが落ちてガチャリと割れる音がした。

「一体どういうつもりですか!!　そんな子に育てた覚えはありませんよ!!」

ドン！

ティールームに響く、異常な音と声。

久しぶりに聞いた音の衝撃はすさまじく、シアーラの体は反射的に石のように硬直した。振り向くことも、できないほどに。

心臓が壊れたように暴れている。呼吸は浅く速くなり、手はぶるぶると震える。

（く、やしい……！　あんな音に、負けるなんて……！）

苦しさに胸を押さえると、自然と顔がうつむいていく。

「こちらを見なさいシアーラ!!」

金切り声を上げながら、アッカー夫人がシアーラの腕を掴もうとしたその時だった。

「――何事だ？」

部屋に響く、圧倒的存在感のある低い声。

その場にいた全員がハッとしたように声のした方向を見た。

そこに立っていたのは、かつてないほど厳しい顔をしたクライヴだった。

凛々しい眉は険しく吊り上がり、射殺さんばかりの鋭い眼光。堂々とした姿から立ち上るのは激しい怒りのオーラ。

「もう一度聞く。何事だ？」

誰も逆らえない重い響きは、まさに絶対王者の声。夫人があわてたように微笑んだ。

「ごっ、ごきげんよう国王陛下。わたくし、シアーラさまの家庭教師を務めておりましたアッカーともうし――」

「お前の名前など聞いていない。私は私の王宮で何が起きたのかと聞いているんだ」

クライヴは冷たい声でぴしゃりと遮った。赤い瞳はかつてないほど冷たく、赤い氷があるのなら、それはこのような瞳を言うのかもしれないと思わせる。

「それ、は、ですね……おほほほ……」

夫人が誤魔化すように笑う。助け舟を出そうと、ヒカリが甘えた声で進み出た。

「クライヴさま、アッカーさまが久しぶりにシアーラさまに会えたせいで、少し盛り上がってしまっただけなんです」

「少し盛り上がった？」

言って、クライヴがハッと鼻で笑う。そんな風に嘲笑する彼は初めてだった。

「シア」

かと思うと、クライヴはまっすぐシアーラの方を向いた。

「一体何が起きた。……大丈夫か」

ドクドクと、まだ心臓は暴れている。手の震えは止まらないし、呼吸も浅いままだ。

はっ……はっ……と呼吸を繰り返しながら、シアーラは思い出す。

かつて一度だけ、同じような状況になったことがある。

クライヴ十五歳の生誕パーティーで、ルイザが机を叩いた時だ。

あの時もシアーラは音のせいで喋られなくなるほど狼狽《ろうばい》した。

そして声をかけてくれたクライヴの手を、避けた。

彼に震えているのを知られるのが怖かったから。

彼に、そんな情けない自分を見せて嫌われたくなかったから。

「シア？」

もう一度クライヴが声をかける。シアーラはハッハッと浅い呼吸を繰り返しながらも、のろのろと顔を上げた。

赤い瞳が、まっすぐにシアーラを見つめていた。

怒るでもなく、困るでもなく、軽蔑するでもなく。

ただまっすぐ、シアーラを案じる瞳だけがそこにあった。

「……く、クライヴ、さま……」

震える唇でシアーラは紡ぐ。今度こそ彼に届くように。

「助けて、ください……」

ふら、と足元がふらついた。

「シア!!」

たくましい腕が、青ざめたシアーラを抱き留める。ぐっと眉間に皺を寄せたクライヴが、突っ立ったままのアッカー夫人とヒカリに向かって怒鳴った。

「っ……！　シアの様子がおかしい。お前たちは今すぐ出て行け！」

そこへ、ヒカリがへらへらと笑いながら前に進み出る。

「で、でもクライヴさま」

ギロリと、クライヴの眼光が今まで見たことがないほど鋭く光った。

「聞こえないのか？　私は今すぐに出て行けと言ったんだ」

ひくっとヒカリが笑顔を引きつらせた。その後ろでは青ざめたアッカー夫人があわてて立ち去ろうとしている。

「お、お、おじゃまいたしましたわ！　何か誤解があるようですからまたお話を――」

「うるさい。これ以上何か言うなら今すぐ地下牢に行ってもらうことになるぞ」

血走った瞳は本気だ。

口をつぐんだアッカー夫人が逃げるようにしてティールームを飛び出していく。それはヒカリとて他人事ではなかった。ビシビシと肌を焼くのはクライヴの殺気。おざなりなカーテシーだけすませると、彼女もまたあわてて部屋を後にした。

青白い顔をしたシアーラが、遠慮してそっとクライヴを押しやろうとする。

「もう、だいじょうぶ、です。少し足元がふらついただけで……」

「どこが大丈夫なものか！　大丈夫な人間はそんな風になったりしない！」

言うなり、クライヴがシアーラを横に抱き上げた。

「きゃっ……！」

「王妃を部屋に連れて行く！　医師を呼べ！」

そのままシアーラはクライヴに抱かれ、部屋へと連れて行かれたのだった。


「——クライヴさま、ありがとうございます。その……お見苦しいところを見せてしまって申し訳ありません」

自分の部屋で、シアーラはベッドに座っていた。背中には侍女たちが大量にクッションを使って背もたれを作ってくれている。

椅子で大丈夫だと言ったのだが、険しい顔のクライヴに問答無用で寝かされてしまったのだ。

医師に診てもらい、何よりアッカー夫人たちから離れて時間が経ったことでシアーラもようやく少し落ち着いていた。

「謝る必要はない。あれはどう見ても君が悪いわけではないだろう」

「それ、は……」

王妃は、この国の頂点に立つ王を支えるための存在。そのために身も心も強くあれと叩き込まれて育ったのがシアーラなのだ。

それなのに、あんなことでここまで怯えてしまうとは。それがたまらなく情けなかった。

口をつぐんだシアーラを、クライヴがじっと見つめている。

「シア、教えてくれないか。あの時君に、一体何が起きたんだ？」

その声は優しい。

先ほどシアーラが助けを求めてすがった瞳と同様、シアーラを真剣に案じていた。

「……話せば長くなります」

「構わない。すべて聞く」

即座に返事され、シアーラは一瞬泣きそうになった。

相談できる友達はいない。

両親は自ら遠ざけてしまった。

こんな風に話を聞いてもらうのは、初めてだった。

「……アッカー先生は、私が七歳の時にやってきました」

それからシアーラはつっかえながらも、ひとつひとつを話した。

アッカー夫人から叩かれていたこと。拒否をすれば推薦を失うこと。ドンドンと机を叩く音で、いつも叱責されていたこと。両親と口を利かないよう強要されていたこと——。

言葉はとめどなくあふれた。

同時に、話すたび長年胸をふさいでいた重石《おもし》がひとつずつ消え去っていくようだった。

「…………なんてひどい」

やがてすべてを聞き終えたクライヴが苦しそうにうめいた。その表情に宿るのは怒りと、苦しさと、悲しみだった。

「私を拒否したあの日から、君は変わってしまったと感じていた。それは大人になる上で仕方ないことなのかと諦めていたが……まさかそんなことになっていたなんて」

悔しそうに呟いたクライヴが、ぎゅっと拳を握る。その手は自分自身への怒りで震えていた。

「あの時君を行かせるんじゃなかった。たとえ行かせても、君の手を離すべきじゃなかった……！

そうすれば君を、こんな孤独に追いやることにならなかったかもしれないのに……！」

「クライヴさまのせいではありません。あれはすべて、逆らえなかった私の責任なんです」

「責任などあるものか」

バッとクライヴが顔を上げる。

「君は当時まだ七歳だったんだ。師となる人物にそんな風に言われて逆らえるわけがない……！」

彼の顔は、シアーラ以上に苦しそうだった。

「聖女の推薦制度を当たり前のものとして受け入れてきたが、まさか裏でこんなことが起こっていたなんて」

実際のところ、『アッカー夫人が推薦しなければ光の聖女となれない』というのはアッカー夫人の嘘だった。

「指導能力に差があるとはいえ、推薦は元聖女として認定されている者であれば誰でも問題はない。けれど君が幼いのをいいことに嘘を吹き込んだんだな……くそっ」

クライヴの口から汚い言葉が吐き出される。シアーラは驚きに目を丸くした。

「あの女は絶対に許さない。それから神官たちも召喚して話し合いをせねば。もしかしたら今も、どこかで君と同じ目に遭っている少女がいるかもしれない」

為政者としてのクライヴが、頭の中で目まぐるしく何かを考えている。それから彼はもう一度シアーラを見た。

「シア。そんなにつらい中、君はよくくじけなかったな。すべてを投げ出すことだってできたはずなのに、そうはしなかったのか？」

「それは……」

シアーラはうつむく。

ぶたれ、両親を遠ざけ、孤独になってまで、シアーラが光の聖女になりたかった理由。

「どうしてもクライヴさまの妃になりたかったんです……」

恥ずかしさに声が小さくなる。

つらくても苦しくても、その願いを支えにすればシアーラは頑張れたのだ。

シアーラの道を照らし続けた、唯一で絶対の光。

――それが、クライヴだ。

シアーラの告白に、クライヴが硬直していた。

「シ、ア……君はそんなに私のことを……？」

その声はかすかに震えている。

「幼い頃の私はおとなしくて……他の子からは退屈とか、暗いって言われることが多かったんです。でもクライヴさまがそばにいる時だけは、私も笑顔でいられるんです。クライヴさまの声を聞いて、クライヴさまと手を繋いでいる時はなんだってできる気がしました。……クライヴさまは、今も昔も、ずっと私の太陽なんです」

目をつぶっても未だに思い出せる、かつてのクライヴの笑顔。小さな頃からキラキラしていた彼は、大人になってもっと輝くようになった。

誰もが見惚れずにはいられない、ノルデン王国が誇る若き王。

そこまで話して、シアーラはハッとした。

自分が一方的に話している間に、目の前ではクライヴが驚きに目を見開いたまま硬直している。

(我を忘れて、全部言ってしまった……!)

自分の暴走っぷりに今さら気づいて、かぁぁっと顔が赤くなった。

「ご、めんなさい。迷惑でしたね。あの、クライヴさまはすごい方なのだということを話したくて」

あたふたしながらいたたまれなくなって、シアーラは手で顔を隠した。

その手を、クライヴが摑む。

「シア」

——次の瞬間、ぐいっと引き寄せられたシアーラはクライヴの胸の中にいた。

「……っ⁉」

ふわりと香るのは、シダーウッドのような瑞々しい香りとほのかな甘さ。

耳元でクライヴの低い声がささやいた。

「シア。私はずっと君のことを誤解していた。君に嫌われたと思って、拗ねて……でもそれを悟られたくなくて、そっけない態度をとることで平気なふりをした。君はこんなに頑張っていたというのに……！」

ぎゅ、とシアを抱く手に力がこもる。

シアーラは何が起きたのかよくわからず、クライヴの胸の中でドキドキしながらじっとしていることしかできなかった。

「シア。不甲斐《ふがい》ない私を許してくれとは言わない。その代わり、もう誰にも君を傷つけさせない。君を傷つける人たちから必ず君を守ると誓う」

ちら、と顔を上げれば、赤い瞳が切なく揺れながらまっすぐシアーラを見ていた。

「君が好きだ」

「クライヴ、さま」

「今も昔も、ずっと好きだった」

(夢を見ているの……？)

クライヴに告白されるなんて。

クライヴの口から『君が好きだ』という言葉が出るなんて。

シアーラは震える唇で紡いだ。

「私も……クライヴさまが、好きです」

「シア……！」

きゅっとクライヴの目が細められる。

それからゆっくりと、クライヴの顔が近づいてきた。瞳にかかる睫毛は男性とは思えないほど長く、高く完璧な形をした鼻がシアーラの鼻に優しく触れる。

「シア」

もう一度、合図するようにクライヴが名前を呼んだ。

「っ」

シアーラは返事をする代わりにそっと目をつぶる。

やさしく唇に触れるのは、クライヴのやわらかな唇。

（クライヴ、さま……！）

——シアーラの頬を、一筋の涙が伝った。

第四章　ふたりで

Chapter 4

「ヒカリのことも大事だが、その前にひとり忘れてはいけない人物がいる」

とクライヴが言ったのは、彼が部屋を出ていく直前のことだった。

最初、それが誰のことを指しているのかわからなかった。

けれど皆が見守る中、玉座の前に焦った顔の夫人が引きずり出された時、シアーラはようやく彼がアッカー夫人のことを言っているのだと気づいた。

「こ、これは何かの間違いです陛下！」

アッカー夫人が口から唾を飛ばしながら、自分を冷たく見下ろすクライヴにすがろうとした。

が、すぐさま控えていた騎士によって阻まれる。

「アッカー夫人よ。お前は当時七歳だった王妃の純真さに付け込んで、散々彼女を虐待してきたようだな？　その上推薦を取り消すと脅して、彼女が両親と口を利かなくなるように仕向けた」

「じ、事実無根ですわ！　わたくしはそんなことをしておりません！　多少厳しくしつけはしましたが、それはシアーラさまを思ってのことで」

「黙れ」

低い声に、その場がシンと静まり返る。

怒鳴っているわけでもないのに、その言葉には異様な重みがあった。

静かな体から立ち上るのは、圧倒的な怒りの気配。それはみしみしと、まるで空気がこちらをつぶそうとのしかかってくるような錯覚を覚えさせる。

言葉を遮られたアッカー夫人がひゅっと喉を鳴らす。

「……私は自分が心底憎い。お前のような女にみすみす我が妻を預けてしまっていたとは。お前は何か気に入らないことがあるたびにシアーラを鞭打った。それが侯爵夫妻に露呈しそうになると、今度は代わりにわざと激しい音を出しながら机を叩き、幼い王妃の心に消えぬ傷をつけた」

じろりと、クライヴがアッカー夫人をねめつける。その赤い瞳は明かりに照らされたわけでもないのに、てらてらと底光りしていた。静かに燃え盛る炎のようだった。

「それからよく王妃にこう言ったらしいな。『あなたの笑顔は娼婦のよう。下品だから笑うな』と」

それはすべて過去にシアーラが散々言われてきた言葉たちだ。思い出してぎゅっと手を握る。

まわりで聞いていた人々がざわめきたつ。

「なんてひどい」

「夫人がそんなことを？」

「立派な人だと思っていたのに……」

人々の中にはシアーラの両親も交じっていた。母は父に肩を抱かれ、静かに涙をこぼしている。

「私の言葉に間違いはないな？　アッカー夫人」

問い詰めるクライヴをアッカー夫人は見ていなかった。ただうつむきながらガタガタ震えている。

「そ、そのようなことは」

「あくまでも否定するつもりか。だが残念ながら証人はいる」

そう言ってクライヴが顎をしゃくった方向にいたのは、かつて侯爵家で働いていたメイドたちだ。

「アッカー夫人は、ずっとシアーラさまを虐《しいた》げていました」

「私も何度も見ました。アッカー夫人がシアーラさまを鞭打っているのを……！」

「申し訳ありませんシアーラさま。もうこれ以上は、黙っていられません」

沈痛な面持ちで謝るメイドたちに、シアーラが「気にしないで」と首を振る。

今まで『お母さまたちには言わないで！』と彼女たちの言葉を奪っていたのはシアーラの方なのだ。

「私こそ無理強いをしてしまってごめんなさい。……今まで苦しかったでしょう」

シアーラの言葉に、メイドたちも涙ぐみながら首を振った。

「それでは君たちが見たことをすべて、この場で証言してくれ」

「はい」

彼女たちの口から、次々とアッカー夫人の虐待を裏付ける証言が飛び出す。

その頃には話を聞いていた人々も悪魔を見るような目でアッカー夫人を見つめていた。

「信じられない……王妃を育て上げたというからうちにも来てもらっていたのに！」

「まさかうちの娘も同じことをされているのか⁉」

「どれだけ高いお金を払ったと思うんだ！　この悪魔め！」

飛び交う罵声を、クライヴがすっと手で制する。途端に辺りは静まり返った。

「アッカー夫人よ。お前はよく言っていたそうだな？『自分がいなければ、あなたは到底王妃にはなれない』と。だが誰に話を聞いても、シアーラは元々とても優秀だったそうだ。となるとお前は導くどころか、むしろ足を引っ張っていたことになるな。……お前がいなければシアーラは恐らくもっと早く光の聖女となれていた」

最後の言葉はどこかひとりごとのようだった。

（「もっと早く」？　選定の裏側で何があったのかしら……）

シアーラが考えている間に、クライヴがアッカー夫人に最後の言葉を告げていた。

「時が経っているとはいえ、お前がやったことは悪質極まりない。ならば〝曝し柱〟に——」

クライヴの言葉にアッカー夫人の体がびくりと跳ねた。かと思うと床にへばりつくようにして頭を下げる。

「なにとぞ!!　なにとぞお許しくださいませ陛下!!」

〝曝し柱〟。

それは町中にある罪人をくくりつける柱だ。そこにくくりつけられた罪人は、町中の人々から罵声と石を投げつけられるのだ。

それこそ、死ぬまで。

「クライヴさま」

咄嗟にシアーラは声を上げていた。

アッカー夫人から受けた仕打ちはひどいものだったと、今のシアーラにはわかる。だがだからといって、彼女に暴力で仕返しをしたいというわけではなかった。

そんなシアーラの行動を予想していたのだろう。クライヴが小さくうなずく。

「――と言いたいところだが、きっと心優しいシアーラが止めるだろう。だから私は、代わりにこう言い渡す」

凍てつくように冷たい瞳で見下ろしながら、クライヴは言った。

「全財産の没収に加え、お前には最北の地クリムヘイズで死ぬまで聖女として勤めあげてもらう」

最北の地クリムヘイズ。

それはノルデン王国の最北にある、厳しすぎる極寒の地だ。

その地はあまりにも過酷すぎる環境ゆえに、人や生き物はおろか、魔物すらもいないという。生きているだけで試される、実質氷に囲まれた地下牢だった。

「そんな!!　陛下、お許しください！　なんでもしますから、あそこだけは！」

「なんでもする？　よかった。それならあの地での任務も引き受けてくれるな。――皆の者、話は以上だ」

言い終わると、クライヴは立ち上がった。彼が差し出した手をとってシアーラも立ち上がる。

「陛下！　お願いします、陛下あああああ!!」

後ろではアッカー夫人が叫んでいたが、すぐに騎士に引きずられていった。


その後、アッカー元夫人は、聖女守護騎士団長エディによって無事最北の地まで送られた。護送してきたエディいわく、本当に最低限の設備しかない過酷な環境なのだという。逃げ出すにも装備と体力が必要で、アッカー元夫人はまるで老人のように老け込んでしまったとのことだった。

「命があり、衣食住が保証されているだけまだましだ」

ティールームで報告を聞いたクライヴが冷たく言い放つ。その膝の上にはサリューが座り、用意されたクッキーを一生懸命頬張っている。

「アッカー元夫人はいわば元凶。彼女がいなかったらシアがあんなに苦しむことも、シアと私がすれ違うことだってなかったのだ。せいぜい頭を冷やすといい」

「頭どころか、骨の芯まで冷えてしまいそうですね……」

言いながら、シアーラはふと思い出した。

「そういえばクライヴさま。ずっと気になっていたのですが、光の聖女選定の際には一体何があったのですか？　アッカー元夫人が私の足を引っ張っていたというのは」

尋ねると、クライヴが「あぁ……」と答える。

「実はあの時、光の聖女候補は君以外にも何人かいたんだ」

シアーラはうなずいた。

シアーラは最終的に、圧倒的魔力を理由に光の聖女に選ばれたらしいが、他にも神殿からシアーラ以上の評価を受けた聖女がいると聞いたことがあったのだ。

「実を言うと、その中でシアは……かなり不利な立ち位置にいた」

「不利、ですか？」

「ああ。……君は、幾度か他の聖女と揉め事を起こしていただろう？　それが、神殿や王家にとって大きな不安材料のひとつだったんだ」

「それは確かにそうですね……」

ノルデン王家に入り、王を支える役割を持つ王妃には、潤滑に人間関係を回す能力が要求される。実際、やり直し前のシアーラはその能力がなかったからこそ各地で諍いを起こし、反感を買い、破滅へと突き進んでしまった部分もあるのだ。

その点だけ見ると、確かにシアーラは光の聖女として不適合だと言わざるをえない。

「でも……それならどうして最終的に私が光の聖女に選ばれたのでしょう？　魔力だけで補えるものでしょうか」

「シアの長所は魔力だけではないよ。その技術力に勤勉さに、真面目さも立派な宝だ。……あとは、そうだな」

そこでコホンと、クライヴが気まずそうに咳払いした。

なぜか彼の頬は赤い。

「クライヴさま？」

「ぱーぱ？」

首をかしげるシアーラを、そばで見ていたサリューも真似する。

「その……最終的な決定打となったのは、私の後押しだ」

「クライヴさまの後押し……？」

一体どういうことだろう。意味が理解できなくて目をぱちぱちさせていると、クライヴがまたもやコホンと咳払いをした。

「知っての通り、光の聖女は私の妻となることが約束されている。なら当然、張本人である私の意見もかなり重要視されるんだ。……だから私は『シアを光の聖女に』と言った」

思いもよらなかった事実に、シアーラが目を丸くする。

「……………驚きました。てっきりクライヴさまは私を嫌っていたとばかり……まさか後押ししてくださっていたなんて……」

「前も言ったがそれは誤解だ」

ゴホンゴホン、とクライヴが気まずそうに咳払いを繰り返す。

「確かにあの時私たちは、ずっとすれ違っていた。私も大人げない態度をとっていたし、シアには絶対に嫌われていると思っていた。……それでも」

ぼそぼそと、クライヴの声が小さくなる。

「私は君に、そばにいてほしいと思っていたんだ」

ぽちゃんと。

シアーラの心に一滴の水が落ちた。

それはあたたかくやさしく、たった一滴で全身に染みわたっていくような、そんな一滴だった。

「……クライヴさま」

照れてそっぽを向いているクライヴを見つめながら、シアーラがふわりと笑う。

白百合が咲き開くような、やわらかで美しい笑み。

「私、嬉しいです。クライヴさまのお嫁さんになれて」

「……私もだ」

ぼそりと答えたクライヴは、耳まで真っ赤だった。

そこへ「陛下」と侍女がやってくる。

ふたりはハッとしてあわてて咳払いをした。

「なんだ」

クライヴが答えると、侍女が小声で何かをささやく。

「……なんだと？」

すぐにクライヴが目を丸くしてシアーラを見た。

（……？　どうしたのかしら）

不思議に思っていると、クライヴが言った。

「シア。君のご両親――マクネア侯爵夫妻が君に会いたいそうだ。ここに入れても？」

「お父さまたちが……？」

今度はシアーラが目を丸くする番だ。

「あ……は、はい。もちろん」

うなずくと、すぐさまマクネア侯爵夫妻がティールームに入ってきた。

「シアーラ……！」

シアーラの姿を見た夫妻が言葉を詰まらせる。

「お父さま……お母さま……！」

久しぶりに向き合った両親は、幼い頃と変わらなかった。

多少皺や白髪が増えてはいたものの、シアーラを優しく包み込む眼差しは前と同じだ。

「ごめんなさいシアーラ！　わたくしたち、あなたにこんな深い傷が残るほどひどい目にあっていたなんて……！　ごめんなさい、ごめんなさい。本当に、母親失格だわ……!!」

「すまないシアーラ……！　父親である私がもっとしっかりしていれば……！　許してくれとは言わない。どうかこの償いをさせてくれ……！」

　ふたりは泣いていた。

　それはふたりが心から悔いていることがわかる、苦しそうな表情で。

　涙ぐんだシアーラが進み出る。

「いいえ……いいえ。お父さまたちのせいではありません。お母さまもお父さまも、何度も私に救いの手を差し伸べてくださった。でも、それを全部はねのけたのは私なんです。だからそんなに謝らないでください……！　謝るべきは、私の方なんです……！」

　言いながら、シアーラは手を伸ばした。久しぶりに触れる父と母の手に、そっと自分の手を重ねる。

「シアーラ、ああ、わたくしの愛しい子……！」

「シアーラ、これだけは忘れないでくれ。おまえが何をしても、私たち夫婦はずっとおまえの味方だ。おまえは私たちの、大事な大事なひとり娘なのだから……！」

「お母さま、お父さま……！」

　シアーラは泣いていた。両親も泣いていた。

　三人は泣きながら、静かに身を寄せ合った。

　まるで離れていたこの数年間の分を、少しでも埋め合わせるように。

◆

「まさかアッカーさまがあんな人だったなんて！　わたし知りませんでした。シアーラさまも大変でしたね！」

そう言って瞳を潤ませたのはヒカリだ。

彼女はアッカー元夫人が追放されるやいなや、まるで何事もなかったかのようにシアーラの元にやってきた。

それどころか、ここ最近見せていた不穏な空気も完全に消し去っていた。彼女はノルデン王国にやってきた当初のような、〝清楚で明るい異世界人ヒカリ〟に戻っていたのだ。

当然サリューの行方を聞くこともなければ、探りを入れてくるようなこともない。

さらに「癒しの力を失ってしまったんです……」と悲しそうに言ったかと思うと、「その分頑張らなくちゃと思って！」と以前よりますます勉強に励むようになったのだ。

その姿はどう見ても善良なる異世界人そのもの。

本性を知っているヒカリとクライヴすら戸惑ってしまうほどだった。

（ヒカリ……あなたは一体何を考えているの……？）

教師としてノルデンの文字を教えながら、シアーラがヒカリの顔を見る。

必死に書き物をする彼女は真剣そのもので、何かを企んでいるような気配はまったく感じられない。

ヒカリの行動に、取り巻きたちは「癒しの力を失ってもめげずに勉強に励むヒカリさまはなんて健気なんだ！　すばらしい！」と、すっかり心酔しているようだ。

——それは不気味とも言えるほど、平和な時間だった。

クライヴはまだヒカリの追放を考えているようだったが、アッカー元夫人と違ってヒカリは未だなんの悪さもしていない。当然追放は難しかった。

「シアーラさま、どうですか？　これで合っていますか？」

「ええ、合っています。ヒカリさまは本当に物覚えがいいですね」

「嬉しい！　わたしもっと頑張りますね」

平和だった。

あまりにも平和だった。

だというのに、まるで芝居を見せられているような、まがいものの平和だという感覚がずっと頭から消えなかった。

（これから何も起こらないといいのだけれど……）

嵐の前の静けさ。そんな言葉が胸をよぎって、シアーラは首を振る。

（いいえ、何も起こらないことを期待するのではなく、何が起きても対処できるようにしなければ。

そうでなければ、私がもう一度この世に戻ってきた意味がないわ）

考えて、シアーラは決意にぎゅっと唇を結んだ。

◆

「──もう〝世界会議〟の時期なんですね」

クライヴの執務室。呼び出されたシアーラは机に載せられた書類を見ながら言った。

「ああ。最近バタバタしていてすっかり後回しにしてしまっていたが、今年は我が国が報告しなければいけない事は多い。急いで準備をしなければな」

〝世界会議〟とは、この大陸で行われている一年に一度の各国の報告会だ。

そこで各国の状況を共有することで、人類が手を取り合って魔物に対抗するのが目的だ。

開催場所は毎年持ち回りとなっており、今年は隣国を挟んだ向こうの国となっている。

「我が国はなんといっても結界石について聞かれるでしょうね。まだあの石の効能がどれくらい続くのかは不明ですが、結界能力を持たない国にとっては喉から手が出るほどほしい物のはずです」

「そうだな。同時にサリュー・クリスタルについても聞かれるだろう」

サリュー・クリスタル。光の女神の祝福を受けたクリスタルを思い出して、シアーラは目を細めた。

「あのクリスタルも多くの謎に包まれています。フレースヴェルグの地だけで採れるものなのか、それとも他の地からも採取できるものなのか……」

「結界石として使っている我々ですら知らない部分が多い、謎のクリスタルだからね。……どこか異世界人にも似ているな」

「異世界人といえば、ヒカリのことも報告しなければいけないのですよね？」

シアーラの言葉にクライヴが難しい顔でうなずく。

「ヒカリに関しては不安要素と不確定要素が多すぎるが、報告しないわけにはいかない。異世界人はこの大陸全体にとって重要なことだから。……ところでシア、君も世界会議には同行してくれるのか？」

「もちろんです。道中、私ほど強い護衛はいませんよ？」

言って、シアーラがいたずらっぽく笑う。クライヴも笑った。

「確かにそうだな。君は王妃であると同時に、光の聖女でもある。こんなに心強いことはないよ」

ふたりは顔を見合わせて、ふふふと笑った。

――いつ以来だろうか。こんな風にクライヴと冗談を言えるようになったのは。

あの時のクライヴの告白は、今もシアーラの耳に残っている。思い出すたびにシアーラの心はぽかぽかとあたたかく、幸せになるのだ。

（たとえ魔物が現れても、クライヴさまには指一本触れさせません。私が絶対に守ってみせる）

それがシアーラにできる唯一のことだから。

「そういえばひとつだけ気になったのですが……ヒカリをひとり王宮に残していっても大丈夫なのでしょうか？　今回の世界会議の開催場所を考えると、最低一ヵ月は城を空けることになってしまいます」

「一ヵ月か……。決して短い時間ではないが、城を空けることに関しては心配しなくても大丈夫だと思っている。彼女の狙いはあくまでもシアなのだろう？　何か企んでいるにしろ、私たちが城を離れているからといって何かが起こるとは考えにくい」

クライヴの言葉にシアーラはうなずいた。

（ヒカリはクライヴさまに毒を盛ったけれど、殺すつもりまではなかった）

やり直す前の人生で、ヒカリは地下牢に入れられたシアーラにこう言っていた。

『安心して。あなたが処刑されたら、クライヴさまはちゃあーんと私が治すから。そして王妃に裏切られた悲劇の王様は、自分を癒してくれた聖女と結ばれるのよ』

彼女がほしいのは『クライヴ』と『王妃』という地位のふたつだ。

（それなら私たちがいない間に謀反……という危険性は少ないのかしら）

考えながらも、シアーラは急いで目の前の書類をさばいていった。

世界会議に参加するための準備は多い。結界石やサリューのことがあって後回しになっていたこともあり、早急に取り掛からなければいけなかった。

◆

それは各種準備をすませ、世界会議出発に向けてあと一週間を切った時だった。

「国王陛下！　王妃陛下！」

シアーラがクライヴの執務室で確認作業に追われていると、あわてふためいた管理官が飛び込んできたのだ。

「どうした」

「報告します。王都で伝染病が発生いたしました！」

伝染病。その単語に、一瞬で執務室内に緊張が走った。

「伝染病？　病名は」

険しい顔でクライヴが尋ねる。シアーラも固唾《かたず》を呑んで管理官の報告を待った。

「それが判明していません。ある日突然人々が高熱を出し、震え、激しい咳をしはじめ、かと思うと瞬く間に都に広がっていったのです」

「皮膚に斑点は？　吐血は？」

「ありません！」

その報告に、クライヴがほう、と詰めていた息を吐きだした。

「とりあえず黒死病ではないようだな」

黒死病は古来より伝わる恐ろしい伝染病だ。発症した時には手遅れなことも多く、歴史上でも何度か膨大な被害とともに記されている。

「死者は？」

「既にかなりの数がでております。特に子供と老人が多いかと……」

報告を聞いて、クライヴの眉間にぐっと皺が寄る。

「時期的に流行り病の可能性は高い、が……とはいえ油断はできないな……」

世界会議出発目前。そんな時に起きた死者を伴う伝染病にクライヴは頭を悩ませているようだった。

このまま世界会議に向かうべきか、国王として国内で指揮を執るべきか。

「クライヴさま」

彼の葛藤を感じ取ったシアーラは進み出た。

「伝染病のことは私にお任せください。クライヴさまは世界会議へ」

「だが」

渋るクライヴにシアーラは首を振る。

「伝染病はクライヴさまが世界会議を欠席してまで対応する必要はないと思います。それに今の私なら、癒し手の力で収束に多少は貢献できるでしょう」

同行できないのは残念だが、シアーラとクライヴが分かれて対処する。それが一番合理的な方法だ。

クライヴもそのことを理解しているのだろう。

しばらく考えたあと、彼は諦めたようにうなずいた。

「……わかった。国内の伝染病対応はシアに一任する」

それを聞いた管理官が、国王の決定を各所に伝えに出ていく。

ふたたびシアーラたちだけになった部屋で、クライヴはシアーラを見ながら言った。

「世界会議は私ひとりで行こう。できればシアにも同行してほしかったが、向こうもわかってくれるはずだ」

「代わりにルイザたちを連れて行ってくださいませ。彼女たちも信頼できる聖女たちです。それとエディも――」

「エディはダメだ。君のそばに置け」

スパッと言い切られて、シアーラが目を丸くする。

「ですが」

「この国で君を任せられるのは彼しかいない。私が不在の間、常に彼をそばに置いておくんだ」

クライヴの強い口調に、シアーラはぱちぱちとまばたきする。

「……この間はあんなに、エディを私の護衛騎士にするのを嫌がっていましたのに……」

シアーラが言うと、クライヴの頬が少し赤くなった。

「そ、その時は私がそばにいただろう。だが私がいないとなると、そんなことを言っている余裕はない。何よりも君の安全が最重要だ」

怒ったような、照れたような口調だった。

最近、彼はこういう少し子供っぽい表情を見せてくれるようになった。それもまたふたりの距離が近づいたようで、こんな時だというのにシアーラは嬉しくて少し笑ってしまった。

「わかりました。ではエディは私のそばに」

「ああ。けれどぐれぐれも無理はしないでくれ。ヒカリだって、何をしてくるかわからない」

「はい。クライヴさまもどうかお気を付けてください」

(伝染病より怖いのは、ヒカリの方かもしれない……)

最近のヒカリはあいかわらず大人しかった。それどころか以前にもまして品行方正で、孤児院などへの慰問も積極的に行っている。

ヒカリの侍女であるトレイシーはそんな彼女に心酔しきっていて、あちこちでヒカリがいかにすばらしい人間であるかを嬉々として語っていた。

彼女に悪意はないらしく、シアーラにも色々と報告をしてくれるのだ。以前ヒカリの散歩を見逃してくれたという理由で、味方だと認識されているらしい。

(彼女が何を企んでいるのかはわからないけれど……油断しないように気を付けなければ)

その後、シアーラはエディや医師たちとともに、伝染病の対応に駆けずり回った。支援物資を王都に配り、シアーラ自身は癒しの力で人々を治療して回る。

そして一団の中には、ヒカリの姿もあった。

『シアーラさま、どうかわたしも連れて行ってください！　癒しの力は失ってしまいましたが、わたし、ここで黙って見ていることなんてできません！　みんなの役に立ちたいんです！』

シアーラたちが出かけようとしていたら、瞳を潤ませたヒカリに声をかけられたのだ。シアーラは戸惑ったが断るわけにもいかず、結局押し切られる形で同行を許してしまった。

王都の一区画、民家で子供を治療したシアーラが拠点としている天幕に向かうと、そこではヒカリが他の団員と一緒に炊き出しの手伝いをしていた。

「皆さまどうぞ！　たくさんありますので安心してください！」

素朴な衣装に身をつつみ、きらきらの笑顔を弾けさせながら皆に元気を与える姿はまさに〝聖女〟と呼ぶにふさわしい輝きだった。

(演技だとしても、相当のものだわ……)

思わずシアーラも感心してしまうほど。

その後もヒカリはお手伝いとして完璧な態度で活躍し、伝染病も元々そう長引く種類のものではなかったため、比較的早く落ち着きを見せていったのだった。

◆

「ふぅ……」

その日、シアーラは公務を終えて自分の部屋でひと息ついていた。

伝染病は完全に峠を越え、あとは収束に向かうのみ。

癒しの力を施したシアーラのもとには、民たちからたくさんの感謝の手紙や品々が届いていた。献身的な活躍を見せて人気が上昇したヒカリと同様、シアーラもまた民たちからの人気を上げていた。むしろより称賛されていたのは、シアーラの方かもしれない。

（こんなに早く収束に向かうのなら、今からでも世界会議に間に合うかもしれないわ。現地には数日遅れての到着となるけれど、まだ参加できる会議もあったはず……）

「エディ。従僕を呼んでくれる？　もう一度予定を持ってきてもらわなければ。それからクライヴさまへの早馬も送らないと」

「わかりました」

エディが頭を下げた時だった。

コンコンコン、とノックがしたため、エディが扉を開けて客人を確認する。かと思うと彼は振り返って言った。

「……陛下。ヒカリさまが来ています。部屋に入れますか」

（ヒカリが……？）

サリューの騒動以来、ヒカリがこの部屋にやってきたことはない。

警戒しつつもうなずくと、ヒカリがぴょこんと顔を覗かせた。

「シアーラさまっ」

「こんにちはヒカリさま。どうされましたか？」

「町の風邪も落ち着いてきましたし、また勉強を教えてくれませんか？　癒しの力がなくなってしまった分、もっと役に立てるようになりたくて……」

その姿は、どこからどう見ても謙虚で勉強熱心な少女だ。だが……。

「ごめんなさいヒカリさま。今からでも世界会議に向かおうと思っているんです。勉強はまた帰ってきたらにしましょう。あるいはそろそろ専門の教師にお願いしてもいい頃合いかもしれません」

シアーラの返事に、ヒカリがしゅんとする。

話はそれで終わりかと思っていた、が――そこに身を乗り出してきたのは、ヒカリ付き侍女のトレイシーだった。

「お願いします王妃陛下！　せめて一時間だけでも！　ヒカリさまはいつも夜遅くまで勉強していて、ようやく王妃陛下に見てもらえると喜んでいたんです！」

「いいのトレイシー。世界会議は大事なことだもの。わたしのせいでシアーラさまを足止めするわけにはいかないわ」

「でもっ……！　ヒカリさま、シアーラさまに教わるのをずっと楽しみにしてきたではありませんか！　他の方じゃなくてシアーラさまがいいとおっしゃっていたではありませんか！」

シアーラを置き去りに、ヒカリとトレイシーが何やら話している。他の侍女や衛兵たちが何事かとこちらを見ていた。

(困ったわ……断りづらい空気になってしまった)

シアーラは諦めたように息を吐いた。

「……わかりました。一時間だけ勉強を見ましょう。私もすぐに出発できるわけではありませんし」

「シアーラさまっ！」

「ありがとうございます王妃陛下!!」

まるで自分のことのようにトレイシーがガバッと頭を下げた。そんなトレイシーを見て、シアーラの顔が曇る。

(この子……前からヒカリに心酔しているのは知っていたけれど……)

いくら主人のためを思ってとはいえシアーラは王妃だ。公務に向かう王妃を勉強のために引き止めるのはやりすぎとも言えた。それだけヒカリにのめり込んでいるのだろう。

(ふたりの間に何があったかわからないけれど、なんだか危うい気がするわ。彼女の場合、私から直接言うよりも、誰かに間接的に注意してもらった方がいいのかしら……）

トレイシーは、良くも悪くも感情がすべて素直に出るタイプだ。同じタイプのルイザとは、昔クライヴの生誕パーティーでぶつかった苦い記憶がある。そのため、シアーラも慎重になることを覚えていた。


「――では、今日はここまでということでよろしいですか、ヒカリさま」

一時間後。勉強部屋に移動したシアーラはヒカリを見ながら言った。

今回ヒカリに請われて一時間だけ教えたが、それも特に難しかったり、特別な知識が必要な項目だったりしたというわけではない。シアーラには、それがわざわざシアーラを引き止めてまで知りたい内容とは思えなかった。

（……といっても引き止めたのはトレイシーの方だけれど）

そんな彼女は、護衛のエディとともに部屋の端に控えている。

今度は満足したらしいヒカリがシアーラに向かって微笑んだ。

「ありがとうございましたシアーラさま！　わかりやすくてとても助かりました！　……そうだ、今日のお茶はあのお茶にしたんです！　ねっ、トレイシー！」

「はい！　今すぐお持ちしますね！」

声をかけられたトレイシーが、ニコニコしながらお茶を淹れに去っていく。

（あの？　……何かしら、身に覚えがないわ）

いつも勉強が終わった後は、休憩として短いティータイムを挟んでいる。

そのお茶を用意するのは紅茶係の仕事なのだが、時にはシアーラやシアーラの侍女、ヒカリが選ぶこともあった。

毒見されている上に、シアーラの癒しの力は自分にも効果があるため、特に警戒したことはない。

「お待たせいたしました、どうぞ！」

運ばれてきたのは、見た目的には極々普通の紅茶だ。匂いを嗅いでも、銀のさじで混ぜてみても、特に反応はない。

「……いただくわ」

言って、シアーラはひとくち飲んだ。

ふわりと口の中に広がるのは、果汁のような甘酸っぱい香りと深いコク。紅茶の中でも三大銘茶と言われているうちのひとつだろう。

（特におかしな味もしないし、普通のおいしい紅茶ね……）

シアーラの前では、ヒカリもゆっくりと同じ紅茶を飲んでいる。

（警戒しなければいけないとはいえ、私が勘ぐりすぎたかもしれない）

シアーラがそう思った直後だった。

「ぐ、ふっ……！」

という声とともに、突如目を見開いたヒカリが血を吐いたのだ。

「ヒカリさま……?」

ぼたぼたとティークロスを汚すのは、赤すぎるぐらいに赤い、血。

それはいつか見た血を吐くクライヴの姿と重なって、ヒュッとシアーラの喉が鳴った。

頭が真っ白になる。何も考えられない。

気が付けば手からティーカップが落ち、ガチャンと音を立てて粉々に砕け散った。

それが引き金となったかのように、またヒカリがごぼっと血を吐く。

「ヒカリさまあああああ!!」

金切り声を上げたのはシアーラではなく、そばにいたトレイシーだった。

彼女が転げるようにしてヒカリに駆け寄ると、必死になって叫んだ。

「ヒカリさま!! ヒカリさま!! しっかりしてください!!」

そんな彼女に支えられて、まだわずかに意識のあるヒカリが、震える指でシアーラを指す。

「し、シアーラさま……どうして毒を……?」

その言葉に、トレイシーがバッとこちらを見た。見開いた目が狂気を感じさせる、すさまじい形相だった。

(えっ!?)

咄嗟のことに言葉が出ない。

「どういうことですか王妃陛下!!　このお茶は陛下にいただいたと、ヒカリさまがおっしゃっていたのに!!　だからヒカリさまは飲むのをとても楽しみにしていたのに!!」

「お……ち着きなさい！　私は毒など入れていません！　何かの誤解です！」

言うなり、シアーラが早足でヒカリに駆け寄る。

「第一本当に毒だったとしても、私が治します！」

シアーラには癒しの力があるのだ。怪我はもちろん、毒で傷ついた体だって癒せる。

「どきなさい！」

シアーラはヒカリにすがりつくトレイシーを押しやると、すぐさま癒しの力を発動し始めた。

――が。

ぽう……と光魔法が発動し始めた瞬間、ヒカリがすさまじい悲鳴を上げたのだ。

「きゃあああああああ!!」

「っ!?」

それは壮絶とも言えるほどの叫び。

驚いたシアーラが手を止めた瞬間、ドン！　と横から誰かに突き飛ばされた。――錯乱したトレイシーだ。

「やめてください!!　これ以上ヒカリさまを傷つけないで!!」

「陛下に何をする!!」

サッとエディが飛び出してきて、シアーラをかばう。既にその剣は抜かれ、切っ先がトレイシーに向けられていた。

彼女は目から大粒の涙を流し、憎悪の瞳でシアーラをにらんでいる。

「毒だけでは飽き足らず、直接殺そうとするなんて……!! 信じていたのに、あなたのことを見損ないました!! ヒカリさまがあんなに健気に歩み寄ろうとしていたのに、なんてひどい!!」

(なんのこと……!?)

混乱するシアーラの目の前で、トレイシーが絶叫した。

「誰か!! 誰か助けてーーー!! ヒカリさまが殺されてしまう!! 誰かーーー!!」

騒動に気づいた者たちが駆け寄ってきて、その場は一瞬で騒然となる。

混乱しながらも、シアーラは言った。

「落ち着きなさい!! まずはヒカリさまを医務室へ。エディも手伝ってください! そしてトレイシー、あなたはヒカリさまから離れて少し頭を冷やしなさい!!」

シアーラのテキパキとした指示で、人々が一斉に動き出す。ヒカリが運ばれていくのを、エディに腕を掴まれたトレイシーが泣きながら見送っている。けれどちらりとシアーラを見た彼女の瞳には、まぎれもない憎悪が浮かんでいた。

◆

「私……また嵌められたのね」

戻って来た自室で、シアーラはソファに腰かけながらぐったりと言う。

ヒカリは今、医務室で宮廷医師たちが診ている。重要参考人であるトレイシーは「ヒカリさまを返して！」と錯乱しており、別室に軟禁していた。

「大丈夫ですか、王妃陛下」

寡黙《かもく》なエディも、今回ばかりは心配そうにこちらの様子をうかがってくる。

「ええ、まあ……一度経験があったからかしら。それとも相手がヒカリだったからかしら……クライヴさまの時ほど動揺はしていないと思うわ」

「クライヴさまの時ほど、とは？」

（いけない。エディは知らないのだった）

「ごめんなさい、言い間違いよ。私も動揺しているのね。……それにしてもまさか、また毒を使用してくるなんて」

一度目の人生、ヒカリはクライヴのお茶に毒を入れ、暗殺未遂の罪をシアーラになすりつけた。

それが今回は自分自身のお茶に毒を入れて、シアーラに罪をなすりつけるとは。

（やっぱりやり直しても、ヒカリはヒカリということなのね。私を嵌めようとする方法が同じだなんて。でも……今回はそううまくいくかしら？）

そこへコンコンコン、という音がして、ガチャリと部屋の扉が開く。

現れたのは、鎧を着た騎士の一団。

彼らの顔には見覚えがある。クライヴ暗殺未遂事件の時に、シアーラを糾弾した騎士たちだ。

あの時の彼らは、初めから瞳に憎悪を宿らせていた。

そして『女官の証言があった』ことを理由に、シアーラの腕を乱暴に摑み、王宮の人々が見つめる中を強制的に地下牢に連れて行ったのだ。

……だが今の彼らには敵意もなく、それどころか顔に困惑を浮かべながら、うやうやしくシアーラに頭を下げたのだった。

「ご不便をおかけしております、王妃陛下。トレイシーという侍女が騒いではおりますものの、あなたさまが犯人だとは誰も考えておりません。ただ、念のため疑いが完全に晴れるまではお部屋にて待機していただきたく……！」

「疑わしきとして軟禁、ということね」

シアーラの言葉に騎士があわてる。

「軟禁なんてまさか！　ただ陛下が動き回ることで良からぬ噂が広まる可能性もございますため、何とぞご理解いただけますよう……！」

「わかったわ。意地悪な言い方をしてごめんなさい。あなたたちにも迷惑をかけるわね」

「いえ！　滅相もありません！」

騎士たちはビシッと敬礼をすると、最後まで礼儀正しくシアーラの部屋を後にした。

ふぅ、とシアーラの口からため息が漏れる。

――一度目の人生で罪をかぶることになったのは、シアーラの考えが甘かったからだ。

国王の足を引っ張る王妃として嫌われていたところに、明るく優しいヒカリが現れ、そしてヒカリに悪口を吹き込まれた人々がシアーラを「悪女」だと決めつけた。

(私は前回、何ひとつ悪いことはしていないと思っていた。けれど人心はあっけないほど扇動《せんどう》されやすいものだったのよ。王妃でありながらそれを知らなかったのは、私の罪だわ)

アッカー元夫人は紛れもなく悪《あ》しき教育者、犯罪者だった。だがそんな彼女の言葉の中にも、ひとつだけ真実はあったのだ。

『あなたが王妃になった時に失敗すれば、この程度の痛みではすまないのですよ』

シアーラは失敗し、命を失うことになった。

光の女神が助けてくれなかったら、そのまま死の国の住人となっていただろう。

(光の女神さまが助けてくれたこの人生、今度こそやられっぱなしでは終わらないわ)

今回のヒカリ暗殺未遂で、シアーラが処刑されることはないはずだ。

シアーラの無実を信じてくれる人は、恐らく前回とは比べ物にならないほど多い。

何より――クライヴがいる。

彼がいる限り、シアーラが無実の罪で裁かれることは絶対にないと信じることができた。

エディが口を開く。

「もしかしたら軟禁は、国王陛下が帰ってくるまで続くかもしれませんね」

「世界会議はまだ始まったばかりだもの。少し時間がかかると思うわ。あわてずに待ちましょう」

シアーラは逃げも隠れもしない。何も後ろ暗いことをしていないから。

「エディ。トレイシーだけしっかりと行方を追っていてくれるかしら。あの子は放っておくと危険だわ。ヒカリから引き離した方がいい――」

そこまで言いかけた時だった。

廊下から『うぐぅ！』『ぎゃあ！』といううぐもった声とともに、誰かが壁に強くぶつかるドスン！　という音が聞こえたのだ。

ハッとしたシアーラとエディが扉の方を向く。

外には見張り兼衛兵の騎士がふたりいるはずだった。

「陛下、お下がりください」

剣を抜いたエディがシアーラの前に立つ。シアーラは急いでサリューがいる鳥籠に駆け寄ると、鳥籠の扉を開け放った。

「サリュー、ここから逃げるのよ！」

鳥籠の中で、小鳥として寝ていたサリューがあわてて飛び去っていく。

と同時に、バン!!　と後ろで扉が乱暴に開く音がした。

「!!」

シアーラが振り向いた先には、黒いフードをかぶった小柄な人物が立っていた。

フードの下の顔を見て、シアーラとエディが息を呑む。

「ヒカリ……!? どうしてここに……!」

そこには、先ほど血を吐いて倒れたばかりのヒカリその人が立っていた。

——ただしその瞳は、ひと目で人間ではないとわかる色を放っている。

白目の部分が黒く、逆に黒目の部分は血のような深紅に染まっていたのだ。

エディがじり……と後ずさる。

「……その瞳、魔族か」

魔族。

それは魔物のさらに上位種。

動物のように本能的な動きしかしない魔物と違って、魔族は人間のように頭脳を持ち、周到に作戦を練ってくる、魔物の中でも非常に厄介な相手だった。

「あなたは異世界人ではなく、魔族だったの……!?」

(だから、私の光魔法であんなに苦しんだの……!?)

人には癒しとなる光魔法も、魔族にとっては苦痛でしかない。ヒカリが魔族なら、先ほど苦しんだのも当然だった。

シアーラの声に、ヒカリがくすくすと笑う。

「ざんね～ん。半分正解で、半分はずれだよ」

「半分……!?」

ぱさり、と下ろされたフードの下から出てきたのは、目の色が違う以外はいつも通りのヒカリに見える。

「そ。半分。もともとは全部異世界人だったんだけどぉ……私をこの世界に連れてきた魔族が力をわけてくれたの。だから多分、半分は魔族なんじゃない？」

「魔族があなたを連れてきた……!?」

半分魔族という言葉も衝撃的だったが、それ以上にシアーラたちを驚かせたのは『私をこの世界に連れてきた魔族』という部分だった。

なぜなら、異世界人がどうやってこの世界にやってくるのかは未だに謎に包まれているからだ。

かつてこの世界にやってきた異世界人たちも、皆生涯それを知ることはなかったという。

その中で唯一ヒカリだけが、はっきりと魔族によって連れてこられたと言った。

それは大陸を揺るがす事実だった。

シアーラたちの反応に、ヒカリがふふふと嬉しそうに笑う。

「そう。おもしろいでしょ？　わたしも最初びっくりしたんだけど、どうせ死にかけてたし、話を聞いたら悪くないなあって思ったの。だって私がどんなに悪いことをしても怒らないっていうんだもの。むしろ、私にこの国を悲鳴が絶えない生き地獄に変えてほしいんだって。最高じゃない？」

そう言ったヒカリの顔は、笑っているのに吐き気を催すほど醜かった。

「なぜ……なぜそんな恐ろしいことを言えるの……!? あなたは本当に人間なの……!?」

「失礼だなぁ。わたしはちゃんと人間だよ？　ただ、ちょーっと好きなことが変わっているだけ。みんなを幸せにして幸せにして、いーっぱい幸せにして……その後絶望に突き落とした時のカオを見るのが好きなだけだもん」

言いながらヒカリがぽっと頬を赤らめた。それはまるで、「甘いお菓子が好き」とでも言うような軽い口調だった。

「でもね、そういうのは人の世界だと怒られるんだよねぇ。最後に会った男の人にね、奥さんも子供も捨てさせて、友達も仕事もぜーんぶ捨てさせて私のものにした人をね、最後に私が捨ててあげたの。そしたら怒ったその人に包丁で刺されちゃって。あれは失敗だったなぁ」

武勇伝を話すように、ヒカリが目を細めながらけらけらと笑う。

シアーラたちが絶句していると、またヒカリが笑った。

「ま、そのおかげでこの世界に来れたからいいんだけどね」

それから彼女はこちらを見た。エディが剣の構えを深くする。

「でもおかしいなぁ。本当はシアーラさまのことも、もっともっとボロボロにするつもりだったの。悪女に仕立てて孤立させて、クライヴさまの愛と王妃の座も奪って……最後は暗殺の罪をなすりつけて絶望したシアーラさまの顔で完成……ってしたかったんだけど、珍しく失敗しちゃったな。なんでだろう？」

言いながらにこっと笑ったヒカリの目の奥は、少しも笑っていなかった。

「作戦を変えてみたけど、それも全然うまくいかない。トレイシーは私に心酔してくれたけど、状況的にシアーラさまを陥れるのは難しそう。だったら当初の計画とは全然違うけど……『たまたまクライヴさまがいない時に魔族が襲撃してきて、シアーラさまが死亡』っていう筋書きが一番きれいかなと思ったんだけど、どう？」

直後、エディが飛び出していた。

大きな体軀からは信じられぬほどの速さで飛び出す一撃。

数人に囲まれても難なく打開できる、彼必殺の剣だ。

だが。

「あーだめだめ。お兄さんは怖いからあっちに行ってて？」

ヒカリがぴん、と指を弾くと、エディの体がいとも軽々と吹っ飛ばされた。

ドォン！　という重い音とともに、彼の体が壁にめり込む。

「ふふっ。いくら強い騎士様でも、魔族の力は強いでしょう？　それからこれなんかどう？　拘束するのにぴったりなの」

また何か、ヒカリが指でぴんと弾いた。彼女の指からふわ……と放たれたのは種のようなもので、それがエディに飛んだかと思うと、瞬く間に太い蔓へと形を変える。

そのまま凶暴なトゲのついた蔓が、ぎちぎちとエディを締め上げる。

「ぐっ……！」

「エディ!!」

シアーラは叫んだ。それから急いで部屋の中に目を走らせる。

（杖は……遠い！）

魔物討伐に使うシアーラの錫杖は、少し離れた壁際に置いてある。恐らく取りに走ったところで、それよりも早くヒカリが動くだろう。

（なら！）

バッ！　とシアーラは手をヒカリに向かって突き出した。

媒介としての杖があった方が精度は上がるものの、ないからといってまったく魔法が使えないわけではない。シアーラは速さと正確さには自信があるのだ。

（ヒカリは先ほど癒しの光魔法を痛がっていた。だったらこっちの光魔法だって通るはずよ！）

魔物を討伐するための、磨き抜かれたシアーラの光魔法。

すぐさまぽぅぅうと手のひらがあたたかくなって、急速に魔力が集まってくるのを感じた。

気づいたヒカリがピクッと眉を動かす。

「させないわよ」

次の瞬間、ヒカリは右手で思い切り近くの机をドン！　と叩いた。

——それは聞き慣れた、アッカー元夫人が机を叩く音。

条件反射でビクッとシアーラの体が震える。手のひらに集めていた魔力がぴたりと止まった。

ニヤリとヒカリが唇を吊り上がらせる。その一瞬の間に、空いた彼女の手に禍々しい闇の魔法がうずまいていた。

（しまっ……！）

キュィイイインと鋭い音を立てて、闇の渦が膨れ上がっていく。

ヒカリはシアーラを見て笑っていた。

「陛下!!　お逃げください!!」

蔓に捕らわれたエディの叫びが響く。

「もう遅いよぉ。さよなら、シアーラさま」

ふわりとヒカリの手が動く。

まるで、蝶が舞うように。

すべての動作が、ゆっくりと進んでいく。

シアーラが死を覚悟した、その時だった。

「——さよならはこちらの台詞だ」

そんな声とともに、ヒカリの胸からずぶりと剣が突き出たのだ。

「……っ⁉」

ヒカリの真っ赤な目が大きく見開かれる。

剣の突き出た胸から、遅れてブシュッと血しぶきが吹き出した。

「クライヴさま⁉」

ヒカリの後ろに立ち、背中から剣を突き立てていたのはクライヴだった。

(どうしてここに⁉　世界会議に向かっていたはずじゃ……！)

「ついに正体を明かしたな。まさか魔族だったとは……！」

燃えるように赤い瞳が、鋭くヒカリをにらんでいた。

「どうして、ここに……‼」

胸から突き出た剣を見ながら、ヒカリが信じられないというように呟いた。

直後、ズッ……と鈍い音を立てて、剣がヒカリの背中から引き抜かれる。途端に、ヒカリの胸から真紅の血が噴き出した。

「……ふふ、ふ。いない時を狙ったのに、やっぱりクライヴさまって、全然一筋縄でいかない、ね。そういうところも好きだったなぁ」

(笑っている……！)

胸からとめどなく血をあふれさせているにもかかわらず、ヒカリは笑っていた。

「ほんと……ここでシアーラさまを殺せなくって残念だなぁ。クライヴさまの絶望する顔、きっとすごく綺麗だったのに……」

そこでシアーラがはっとする。

つい先ほどまで空いていた胸の穴が、気づけば徐々にふさがり始めていた。

「……噂には聞いていたが、恐ろしい再生力だな」

険しい顔をしたクライヴが、ヒカリを斬るためにもう一度剣を振るう。

だがそれよりも早く、ザァアアッという砂嵐のような音がしたかと思うと、真っ黒な風が部屋の中に吹き荒れた。

「くっ！」

「きゃあ！」

頬に当たる風は痛いくらいに冷たい。必死に腕で顔をかばったが、まっすぐ前を見るのも困難だった。

『さすがに二対一は分が悪いなあ。ぜーんぶ自分で喋っちゃったし、残念だけどここは一度さよならした方がよさそうだね？　またね、クライヴさま、シアーラさま』

激しい風の中、頭に直接響いてくる不思議な声。

それからもう一度風が巻き上がったかと思うと、不思議な黒い風は跡形もなく消えてなくなっていた。同じく、その場にいたはずのヒカリの姿もなくなっていた。

第五章 ―― 夫婦

Chapter 5

「シア！」

ヒカリが消えた直後、駆け寄って来たクライヴによってシアーラは抱きしめられていた。

「クライヴさま……！」

「遅くなってすまない！　無事でよかった……！」

ぎゅうっと息が止まりそうなほど強く抱きしめられて、シアーラの頬が朱に染まる。

彼の香りが、体温が、シアーラが生きていることを教えてくれた。

「クライヴさまが、助けてくれたおかげです」

言いながらそっと彼の胸に頭を預けると、まるでシアーラの存在を確認するようにさらに強く抱きしめられる。

「でも、なぜ王宮に？　今頃世界会議の会場にいたはずでは」

「途中で引き返してきたんだ。伝染病とはいえ、狙ったかのように的確な時期に起きたのが気になってね。まるで、誰かが私とシアを引き裂こうとしているかのようではないか？　このままシアをひとり残していったら二度と会えなくなる気がして、世界会議には代理を派遣した」

「そうだったんですね……！」

クライヴが小さな違和感を見逃さなかったおかげでシアーラは助かったのだ。

「ちょうど王宮が見えてきた辺りでサリューがやってきて——そこからは必死に馬を走らせたよ」

そう言ったクライヴの肩から、白い小鳥がぴょこんと顔を覗かせる。

「ピュイ！」

「サリュー！」

どうやらサリューはただ逃げたのではなく、クライヴをここに導いてきてくれたらしい。

「本当に間に合ってよかった……！」

言いながら、クライヴが再度シアーラを強く抱きしめる。

「クライヴさま……」

腕の中から見上げたクライヴの顔は、先ほどヒカリと対峙していた時とは打って変わって心配そうに、そして優しくシアーラのことを見つめていた。

「シア」

愛おしそうに名前を呼ばれ、かと思った次の瞬間、彼の唇が降ってくる。

「んっ……！」

押し付けられた唇は甘く、熱く。

一瞬で頭の芯がぼうっとしてくる。

「シア、シア……」

何度も名前を呼ばれ、重ねられる唇にシアーラはたどたどしくも必死に応えた。

まるで口づけによって、シアーラがそこに実在しているか確かめているようだ。

繰り返される口づけの合間に、クライヴが息を漏らすようにささやく。

「君が無事で、どれだけ安堵したことか……！　シア。私の愛しいシア……愛している」

どこか泣き出しそうな、切なさのにじむ声。シアーラの頭がくらくらとした。

「クライヴ、さ、ま」

ほう、と混じり合う熱い吐息。

これは夢だろうか。

彼が名前を呼んでくれるのが嬉しくて。

彼が愛しいとささやいてくれるのが嬉しくて。

彼が触れてくれるのが嬉しくて。

シアーラの胸が、きゅうと切なく締め付けられる。

気づけばまた、眦から涙がこぼれていた。

「クライヴさま。私も、あなたのことを愛しています……んっ」

言葉の途中で、また唇をふさがれる。

その後ようやくふたりが唇を離したのは、廊下からバタバタと足音が聞こえた時だった。

「陛下!!　ご無事ですか!!」

息を切らせて入って来たのはクライヴの護衛たち。後ろにはルイザの姿もある。

「よ、ようやく追いつけました……!!」

「陛下、速すぎますよ!!」

「置いて行ってしまって悪かった。シアが心配すぎて、全力で駆けてしまったんだ」

何せクライヴの馬は国一番の駿馬《しゅんめ》だ。

「それに、サリューと合流してからさらに馬の脚が速くなった気がする」

「サリュー?」

首をかしげる護衛たちに、クライヴは首を振った。

「いや、なんでもない。それより負傷者の手当てをし、早急に皆を集めてくれ。緊急事態だ。――ヒカリは異世界人ではなく、魔族だったのだ」

「魔族……!?」

クライヴの言葉にどよめきが広がる。すぐさま血相を変えた人々が、王宮中に走り去っていく。

それぐらい、魔族の出現というのは異例の事態なのだ。それも、聖女と呼ばれていた人物が魔族だったなんて。

（これから大きな嵐が来るわ）

ヒカリはまだ生きている。

そのことを思い出したシアーラがぎゅっと唇を噛んでいると、クライヴがシアーラの後ろを見た。

「エディ、大丈夫か」

（そういえばエディもこの部屋にいたんだった！）

すっかり彼を忘れていたことを思い出して、シアーラが青ざめる。

それから彼がシアーラたちの一部始終を見ていたことに気づき、今度は顔が赤くなった。

「団長である自分が、王妃陛下を守れず面目《めんぼく》ありません。今すぐ護衛騎士の地位を返上します」

だがエディは至っていつも通りだった。生真面目にひざまずき、己の不甲斐なさを悔いている。

「いや、いい。相手は魔族なのだから仕方ない。お前はこのまま近衛騎士でいてくれ」

「ですが」

反論しようとするエディに、クライヴが首を横に振る。

「もう決めたことだ。これ以上は言うな」

「……はっ。ありがたき幸せ」

その会話を聞いていたシアーラが、思い出しながら言った。

「ヒカリは……今でも半分は人間だと言っていました。元は本当に異世界人なのだと」

「そうなのか？　私はてっきり異世界人に化けた魔族かと」

「クライヴさま、私が見たすべてをお話しします」

それから廊下で負傷していた騎士たちを助け、荒れたシアーラの部屋を修繕している間、シアーラはクライヴとともに彼の部屋にいた。

「――なるほど。魔族が召喚した異世界人、か。そんな邪悪な人間がいたなんて……」

ヒカリの話を聞く限り、ヒカリはシアーラに特別な恨みがあるというわけではなさそうだった。

ただ純粋に、シアーラが動物や子供を愛《め》でるのと同じように、人間をいたぶるのが好きなだけ。

それは生まれついての邪悪。

誰にも救えない、生粋《きっすい》の悪だった。

「この件はすぐにでも世界各国に報告した方がよさそうだな。会議には遅刻してしまうが、誰も私たちを怒らないだろう」

クライヴの言葉にシアーラもうなずく。

何せ、魔族が異世界人を召喚できるとなれば、それは大問題だった。

それにヒカリの力は、魔族が分け与えたものだと言っていた。ただでさえ特異な力を持つ異世界人が魔族に悪用されれば、世界に大きな混沌《こんとん》が訪れてしまう。

これはノルデン王国だけの問題ではすまなかった。

「そうですね……。そういえばエディ、トレイシーはどうしていますか？」

ヒカリを心から敬愛し、取り込まれてしまったトレイシー。

シアーラはずっと彼女のことが引っかかっていた。

「はっ。彼女は今、逃げる気力もないほど、放心状態だそうです」

「そう……無理もないわね」

検査官から聞いたのだが、どうも彼女は実の親から否定されて育ってきたらしい。

トレイシーの親は非常に厳格な人間で、暴力こそ振るわなかったものの、「お前はダメな子だ」「どうしてこんな愚図《ぐず》が我が家に」「一族の恥さらし」という言葉をかけ続けられていた。

そこにやってきたのが、トレイシーをすべて肯定してくれるヒカリだった。

ヒカリのささやく甘い言葉はトレイシーにとって極上の救いだったのだろう。気づけばヒカリこそ我が生涯の主人とばかりに、のめり込んでいったようだった。

「ヒカリが実は魔族側の人間で、自分を利用していただけだと知ってしまったらね……」

その衝撃たるや。シアーラは痛ましそうにそっと目を伏せた。

「かわいそうに……」

トレイシーは純粋すぎただけで、決して悪い人間ではない。

シアーラだって、幼い頃救いとなってくれたクライヴを長年思い続けてきたのだ。

ふたりの違いは、シアーラが想い続けたクライヴは善人で、トレイシーが想い続けたヒカリは悪人だったということだけ。

一歩違っていたら、トレイシーになっていたのは自分かもしれなかった。

そう思うせいだろうか。彼女の救済を、シアーラは願わずにはいられない。

何も言わず、ぎゅっと拳を握るシアーラにクライヴが続ける。

「ヒカリはまだ生きている。彼女がこの後どうするのかはまったく想像がつかないが、性質からしてこのままどこかに逃げ去って大人しくしているとは思えない。引き続きこの国を狙うのか、それとも違う国を狙うのか……」

シアーラは苦い気持ちでうなずいた。

ヒカリは魔族としての力を得てしまったのだ。

このことを発表すれば、国のみならず世界中に激震が走るだろう。

この後訪れる混乱のことを考えて、シアーラがぐっと唇を噛んだ時だった。

「シア」

クライヴが、力強い目でシアーラを見る。

「私たちでともに国を守り支えていこう。私は君とならこの国を守っていけると信じている」

力強い手が、まっすぐ差し伸ばされる。

「だって私たちは、夫婦なのだから」

そう微笑んだ彼の赤い瞳は、この上なく優しかった。

シアーラも微笑み、そっと彼の手に手を重ねる。

「……はい。クライヴさま。今度こそ、きっと私があなたをお守りします」

クライヴがふっと笑った。

「それは私の台詞だよ、シア。今まで君がひとりで傷ついた分、いやそれ以上に君を守り、幸せにすると誓おう」

言って、クライヴは握ったシアーラの手をぐいっと引っ張る。

「きゃっ！」

ふたたび胸の中に抱き込まれ、シアーラの頬が赤くなる。クライヴが耳元で囁いた。

「……念のため言っておくが、これは別に〝国王の義務〟としてやろうとしているわけではないよ」

国王の義務。

それはかつて、クライヴが寝室に来てくれないことを責めた時にシアーラが口にした言葉だ。恥ずかしい出来事を思い出して、シアーラの顔が羞恥で染まる。

「は、はい」

さらに、追い打ちをかけるようにクライヴがいたずらっぽく囁いた。

「それから、これは私が意固地になっていた部分もあるが――〝義務〟としか思っていない君に無理強いするのもと思って今まで寝室に行かなかったが、もう我慢しなくていいんだね？　君も、義務感から私を求めたわけではないのだろう？」

言葉の意味を理解するのに、しばし時間がかかった。

けれどクライヴが何を言っているかわかった瞬間、シアーラは耳まで真っ赤になった。

「ひぁ……！　あ、あの、はい。だいじょうぶ、です……！」

しどろもどろになるシアーラを見て、クライヴが嬉しそうにくすくすと笑う。

かと思うと、クライヴはシアーラの赤くなった耳にちゅ、と口づけた。

番外編一　とある侍女の日記

わたしは王宮で働くただの侍女だ。国王付きでも王妃付きでもなく、仕事中にちらりとおふたりの姿をお見掛けする、それぐらいの立ち位置のしがない侍女。

……なんだけど、しがない侍女だからこそ見えるものも、世の中にあったりする。

例えば、シアーラ王妃陛下。

作りもののようにとても美しい方だけれど、同時に表情はいつも石の彫刻のように硬くこわばっていて、笑ったところを見たことがない。

それから厳しいことでも有名で、怒鳴られたりぶたれたりすることはないけれど、それでも近くでお仕えする侍女たちは常に緊張し、気を張り詰めていると思う。

ただ……わたしは知っている。

シアーラ王妃陛下はいつも表情を強張らせているのだけれど、その瞳はとある瞬間だけ、驚くほど雄弁になるのだ。

その瞬間というのが……クライヴ国王陛下を見ている時だ。

国王陛下を見ている時の王妃陛下は、眉も口元もぴくりとも動くことなく、いつもの厳しい表情を保っているのだけれど、深い海を思わせる青の瞳だけはいつになくゆらゆらと揺れるのだ。

そこににじむのは……切実なまでの恋情、だと思った。

まるで言葉にして伝えられない気持ちを訴えかけるように、王妃陛下は食い入るように、恋願うように、国王陛下ただおひとりを見つめるのだ。

青の瞳はいつになく瞳孔が開いて光を宿し、潤み、指先がほんのわずかだけ震える。

けれど、国王陛下が王妃陛下を見た瞬間、パッとその瞳は逸らされる。瞳からあの甘い光が消え失せる。

かと思うと、今度は国王陛下が立ち去る時、シアーラ王妃陛下の瞳が一瞬、きゅっと切なそうに細められるのだ。

それは、まばたきをしている間に見逃すほどの、ほんの一瞬。

でもその一瞬を見るだけで、わたしには『行かないで』という王妃陛下の声が聞こえる気がするのだ。

他のみんなは「あんな怖いお妃様でかわいそう」とか、「あの冷たいお顔。クライヴ国王陛下のことを全然愛していらっしゃらないのね！」とか言っていて、とても口を挟める雰囲気じゃないけれど……わたしは違うんじゃないかなと思うんだよね。

だって、王妃陛下はいつもあの切なそうな瞳で国王陛下を見つめているんだもの。

廊下でおふたりがすれ違う時。

おふたりが遠く離れた、けれど視界に入る場所に立つ時。

公務で並び立ち、国王陛下が賓客とお話をしている時――。

ほんの一瞬できた時間に、王妃陛下はじっと、あの切ない瞳で国王陛下を盗み見しているのだ。

おかげで気が付けばわたしも、おふたりの姿を見る度にドキドキして、息をとめて観察するようになってしまったのだから間違いない。

ああ、周りの人たちは、そして国王陛下はなぜ気づかないのだろう？

あの恋する健気な乙女の瞳に！

みんな、見えているようでなんにも見えていないのかもしれない。

前に同室の侍女、トレイシーにもそれとなく聞いてみたけれど、「あなたの言っていること、よくわからない」で終わってしまったから。

でもいいんだ。別に誰かにわかってほしかったわけじゃないし、むしろわたしだけが気づいているのならそれはそれで……と思って観察を続けていたら、ある日もうひとつの事実に気づいたの。

それは……クライヴ国王陛下がシアーラ王妃陛下を見る時の瞳だ。

クライヴ国王陛下は、この国の乙女たちの憧れの的。いつも優しく寛大で堂々として、それでいてあの美青年っぷり。人気にならない方がおかしい。

わたしみたいな下っ端侍女に対しても優しくて、目が合うと、ルビーのような瞳でにこりと微笑んでくれるのだ。

そんな優しい国王陛下が、シアーラ王妃陛下を見る時だけは表情が変わる。眉間に深い皺が刻み込まれ、ルビーの瞳は燃え盛る炎のように険しくなる。まるで、王妃陛下を憎んでいるように。

だから他のみんなはこう言うのだ。

「見て。あのお優しい国王陛下が、シアーラ王妃陛下にだけは厳しいわ」

「よほどお嫌いなのでしょうね。憎悪すら籠っている気がするもの」

「おかわいそうな国王陛下。私がお慰めできたらいいのに」

と。

でも、でもね。

確かに一見すると、国王陛下は王妃陛下を激しく憎んでいるような瞳を向けるのだけれど、その瞳は絶えず、王妃陛下を追いかけているって、みんな気づいている？

だって私、見てしまったんだもの。

王妃陛下がおひとりで庭を散歩している時、その部屋になんの用もないはずの国王陛下が、二階からじっと王妃陛下を見つめているのを。

王妃陛下が〝光の聖女〟として任務に出立する時、その後ろ姿が見えなくなるまで執務室の窓から静かに見つめているのを。

王妃陛下が騎士団長のエディと並び立っている時、国王陛下の憎悪の炎がより一層燃え立つのを。王妃陛下にも、周囲の人にも気取られないよう、国王陛下はシアーラ王妃陛下を見つめているのよ。

その瞳が激しすぎて最初は私も王妃陛下を憎んでいるのかと思ったけど……違う、あれはそういう瞳ではない。

むしろ……伝えたい思いを伝えられず、睨むことで己の気持ちを誤魔化すような……そんな瞳だと思ったのよ。

それを同室のトレイシーに言ったら、「あなた、小説家になれると思うわ」って言われたけど、そういうことじゃないのよ。

ああもう、みんな本当に気づかない？

シアーラ王妃陛下を見る時だけ、太陽のように輝かしい若き王の顔に、サッと陰が差すことに。

その陰は憎しみじゃなくて、ほの暗い……ほの暗い恋情だということに。

そうよ、国王陛下は王妃陛下を愛しているのよ。憎しみだと錯覚してしまうほどに。

……なーんて。

日記ではなんとでも書けるけど、他の人には絶対言えないな。

王宮には、『クライヴ国王陛下かわいそう』っていう空気がただよっているし、国王陛下に本気で恋している侍女たちだって結構いるんだもの。

「ああ見えて、実は国王陛下は王妃陛下を愛していると思う」

なんて言ったら、わたしがみんなから大ひんしゅくを買ってしまうだけだわ。

だから、そこそこに侍女経験を積んできたわたしは、このことを誰にも言わないことにした。それこそ、同室のトレイシーにもね。

……でも、そうだとしたら、おふたりはどうしてあんな態度を取り続けているのだろう。

王妃陛下は控えめながらも常に国王陛下を見つめている。

国王陛下は人目を忍びながら、やっぱり王妃陛下を熱っぽく見つめているし。

この国で最も高貴な方々は、やっぱりわたしたちとは考えていることが違うのかしら？

こうなったらいっそ、「おふたりは両思いだと思いますよ」っていう手紙を、こっそり部屋に紛れこませちゃう？

なーんてね。そんなことをしたら一発でクビになっちゃうわ。

でも……いつか何かが起きて、おふたりの気持ちが互いに伝わったりしないかしら？

おふたりが……ううん、どちらかおひとりでも素直に気持ちを伝えていたら、両陛下の関係はがらりと変わりそうな気がするのよね。

互いの姿を追いかけるおふたりを見るのも楽しいんだけれど、やっぱりわたしは、おふたりが見つめあっているところが見たいなって思うの。

あーあ。どこかにそんな都合のいい話、落ちていないかしら……。

あ、いけない。もうこんな時間。明日も朝早いんだった。
おやすみなさい、よい夢を。
そして明日に、ほんの少しの希望がありますように——。

番外編二 彼が離婚しない理由

「くそっ」

自分以外誰もいない執務室の中、クライヴはひとり毒づいた。

――先ほど、彼のたったひとりの妻であるシアーラがやってきてこんなことを言ったのだ。

『私は光の聖女をヒカリさまに譲り、あなたと離婚をしたい』

と。

けれどシアーラがすべてを言い終わるよりも早く、クライヴはかぶせるようにして『駄目だ』と拒否していた。

自分でもまさかこんなに早く言葉が出るとは思わなかった。

ただ『離婚』という言葉を聞いた瞬間、反射的に出てしまったのだ。

その時の驚いたシアーラの顔を思い出して、クライヴがもう一度「くそ……」と毒づく。

(……どうして今さらすがりついてしまったんだ。彼女に嫌われているのはとっくにわかりきったことだったのに)

クライヴとの結婚だって、別にシアーラが望んでしたわけではない。

彼女の優秀さにかこつけて、クライヴが無理矢理取り付けたのだ。

『――魔力が一番強いのはシアーラだ。なら、光の聖女は彼女でいい』

『ですが、シアーラ侯爵令嬢のお人柄は、王妃に向いていないのでは』

『それがどうした？　光の聖女で最も重要なのは魔力の強さなのだろう。シアーラ以外、適任者はいないように見えるが。それとも王太子である私の言葉は聞けないと？』

『め、滅相もございません……』

普段のクライヴは、どんな些細なことでもきちんと筋を通す人物だ。こんな風に権力を笠に着て、反対する者を力づくで黙らせたのはこれが初めてだった。

そうしてシアーラを光の聖女に、自分の妻に、無理矢理絡めとった。

思い出して、眉間に皺が寄る。

(――どんなに嫌われていても、彼女がほしかったんだ)

たとえ愛のある本物の夫婦になれなくても。

たとえその美しい青の瞳に、クライヴの姿が映らなくても。

たとえもう二度と、彼女の笑顔を見ることがかなわなくても。

(いつか他の男に取られるくらいなら、一生自分のそばに縛り付ける……)

それは民たちに賢王と称されているクライヴの、誰にも言えない仄暗く浅ましい願い。

「……愚かなものだな」

ふ、と自嘲めいた笑みがこぼれる。

「もう十年以上も前に振られているのに、未だに彼女の笑顔が忘れられないなんて」

ある日、父の友人であるマクネア侯爵に連れられてやってきた娘。

それがシアーラだった。

絹糸のような白銀の髪に、海色を閉じ込めた大きな青い瞳。陶器を思わせる肌は白くやわらかく、シアーラはまるでおとぎ話に出てくる妖精のように愛らしかった。クライヴはひとめ見た瞬間、恋に落ちたのだ。

その上、誰にも笑わない静かでおとなしい子だと聞いていたのに、クライヴが軽口を叩くと彼女は笑った。

花が綻《ほころ》ぶような、ひっそりとした甘やかな笑みをクライヴに、クライヴだけに向けて。

――気が付けばクライヴは、彼女の手を握りしめていた。

シアーラはそれも嫌がることなく、ただはにかんだように笑ってやわらかな手で握り返してくれた。

(……あの頃が、人生で一番幸せだったのかもしれないな)

シアーラが好きで好きで大好きで、そして勘違いでなければ、シアーラもクライヴのことを好いていた頃。

クライヴは将来、光の聖女に選ばれた女性を妻に迎えなければいけない定めだったが、それも関係なかった。

誰がなんと言おうと、クライヴは絶対にシアーラを自分の花嫁にすると決めていたのだ。

そう、シアーラが自分のことを好いていてくれる限り。

──けれど結果はこの通り、惨敗だった。

ある日突然『もうあそべない』と突き放されたかと思うと、シアーラは二度とクライヴに会ってくれなかったのだ。

クライヴが毎日侯爵家に通い詰めても、誘いはすべて無視された。

贈った手紙は、すべて送り返された。

たまに外で会えば、視線を逸らされて逃げられた。

やがて嫌でもクライヴは受け入れざるをえなかった。

自分はシアーラに嫌われてしまったのだと──。

(だというのに、私だけ未だに前に進めない)

シアーラはとっくにこの結婚が政略結婚だと割り切っている。顔を合わせるたび剣呑な空気になる夫とも、義務として世継ぎを産む覚悟ができている。

それなのに、クライヴの方が手を出せなかった。

一度でも触れてしまったら、あの神秘的な瞳に己の浅ましい想いをすべて見透かされそうな気がして。

そしてその想いを拒否されたら、もう二度と立ち直れなくなる気がして。

（……だが、彼女が私から離れていこうとするのなら）

離婚という言葉を出したシアーラを思い出して、瞳が暗く濁る。

（いっそ子を成してしまえば、彼女は今度こそ逃げられなくなる――……）

そこまで考えてクライヴはハッとした。

湧き出た恐ろしい考えに、あわてて頭を振る。

（子を、彼女を縛り付ける道具にするなど！　……私は一体どこまで堕ちれば気がすむんだ……）

ハァ、とまた大きなため息が漏れる。

だがその昏くも甘美な考えは、しばらく頭から離れそうになかった。

「シア……」

もう呼べなくなってしまった愛しい人の愛称を、クライヴはなぞるようにそっと呟いた。

あとがき

集英社さまでは初めまして、宮之みやこと申します。

本作は、私初となる書き下ろし小説を書かせていただきました。

普段は小説投稿サイトで主に作品を掲載しているのですが、今回担当さんに「なんでも好きなもの、書いていいですよ！」と言われて、ウキウキしながら大好きな両片思いを書かせていただきました。

楽しかった（照）

どっちもお互いのことが大大大好きなくせに、何かあってこじれてうまく気持ちを伝えられずにいる間に、とんでもない恋敵が間に挟まる……。私の大好物です。

小説投稿サイトではむしろ恋愛色の薄い、さっぱりとしたものを書いていることが多かったりするので、普段お読みくださっている方が楽しんでくださるかドキドキなのですが……私は大変楽しかったです（二回目）。


ここから少しネタバレが入りまして、番外編を見た方はもうおわかりかと思いますが、「クライヴあなた、実はヤンデレルートに入りかけていたのか……!?」と驚いたことかと思います。私も驚きました。

多分、ヒカリがもう少し毒を盛るのが遅かったら、ヤンデレルートに入っていたかもしれない。

当初ヤンデレを書くつもりは全然なかったので、掘り下げていくうちにクライヴが本性をあらわし始めて驚きましたが、今はそれも彼なのだな〜と思っています。

そして二巻からはこれでもかと甘くなると思うので、ぜひ続きをお楽しみいただければ……！

……それまでクライヴがシアーラをベッドの中に引きずり込んでいなければよいのですが……

（だってこの作品は全年齢）。

既に作者は結構ドキドキしています。

全年齢……全年齢……。


最後雲行きが怪しくなってしまいましたが、改めて私にチャンスをくださり、そして挑戦に付き合ってくださった大好きな担当さま。

本作の難しい世界観を、ため息が出るくらい美しい絵で表現してくださった安野メイジさま。

作品の空気感を読者さまに伝えるすばらしいデザインをしてくださったデザイナーさま。

数々の矛盾を見落とさず、本作のクオリティを一段階も二段階も上げてくださった校正さま。

本作の制作、販売に携わってくれたすべてのみなさま。

そして何より、本作を手に取ってくれたみなさまに、心より感謝を申し上げます。

宮之みやこ

ダッシュエックスノベルfの既刊
Dash X Novel F 's Previous Publication

『逆追放された継母のその後
～白雪姫に追い出されましたが、おっきな精霊と王子様、おいしい暮らしは賑やかです！～
in 森』

まえばる蒔乃
イラスト／くろでこ

「継母なんて出て行って！」

王女スノウの継母に任命された公爵令嬢ロゼマリアは、スノウのその一言で森へあっという間に追放された。だが、継子を虐《いじ》める継母になる夢を見続けていたロゼマリアは正夢とならなかったことに安堵。追放先の森で隣国の王子リオヴァルドとルイセージュと出会い、使役することになった大型犬や鏡の精霊ラブボと共にりんごスイーツや毛織物を売って楽しく充実した日々を送る。しかし、ロゼマリアを恐れるスノウが森を焼く計画を企てており――!?
天才魔術師ロゼマリアのドキドキスローライフコメディ！

Dノベルf

処刑された王妃は
もう一度会えた夫を一途に愛する

宮之みやこ

2024年12月10日　第1刷発行

★定価はカバーに表示してあります

発行者　瓶子吉久
発行所　株式会社　集英社
〒101－8050　東京都千代田区一ツ橋2－5－10
03(3230)6229(編集)
03(3230)6393(販売／書店専用)　03(3230)6080(読者係)
印刷所　大日本印刷株式会社(編集部組版)
編集協力　株式会社シュガーフォックス

ISBN978-4-08-632026-9　C0093

作品のご感想、ファンレターをお待ちしております。

あて先
〒101－8050　東京都千代田区一ツ橋2－5－10
集英社ダッシュエックスノベルf編集部　気付
宮之みやこ先生／安野メイジ先生